चौरी चौरा काण्ड...

एक जन-क्रान्ति!

केवल प्रसाद सत्यम

अंजुमन प्रकाशन

Title : Chauri Chaura Kaand
Author : Kewal Prasad Satyam
Published By!
Anjuman Prakashan
942, Mutthiganj, Prayagraj, 211003
www.anjumanpublication.com
anjumanprakashan@gmail.com

Printed and bound in India.
Paperback, First published by Anjuman Prakashan in 2022
ISBN : 978-93-91531-51-5
Copyright © 2022 Kewal Prasad Satyam
Printing rights reserved : Anjuman Prakashan 2022
Cover & Typeset by Anjuman Prakashan

Price in india: Rs. 200.00

समर्पण

उन समस्त जन-समूह, राष्ट्रवादी, देश-प्रेमी, सत्य-अहिंसा के पालक, दृढ़ संयमी नागरिकों; जिन्होंने स्वेच्छा से क्रूर-निर्दयी, दमनकारी अंग्रेजी शासन के विरुद्ध मौलिक अधिकारों और स्वराज की गरिमा को बचाने के लिये अपने प्राणों की बाजी लगा दी थी। उन सभी प्रत्यक्ष-अप्रत्यक्ष क्रान्तिकारी असहयोग आन्दोलन के दौरान दो माह से लगातार कोड़ों, लाठी-डंडों की मार सहते-सहते भयभीत न होने वाले अदम्य, साहसी, वीर, ब्रिटिश शासन के सिपाहियों की गोली को सीने पर सहकर जिस आदर्श को सम्पूर्ण विश्व के सामने रखा वह अतुलनीय और महान बलिदान की श्रेणी में आता है। इस कृत्य को विदेशी इतिहासकारों ने भी विश्व का अद्भुत क्रान्ति/विद्रोह के रुप में उल्लेख किया है।

मैं उन सभी क्रान्तिकारियों के अदम्य साहस और वीरतापूर्ण बलिदान को शत-शत नमन करते हुए इस शताब्दी वर्ष ०४ फरवरी २०२२ पुण्यतिथि और 'आजादी के अमृत महोत्सव पर्व' पर विनम्र श्रद्धान्जलि और संवेदना प्रकट करता हूँ -

केवल प्रसाद सत्यम

अपनी बात

वर्ष २०२२ को 'चौरी-चौरा काण्ड का शताब्दी वर्ष' मनाये जाने को लेकर हर भारतीय के दिलों में दीपावली जैसा त्यौहार उमंगें ले रहा है। इस उत्साह को लेकर हम लेखक भी कम उत्साहित नहीं हैं। लगातार पत्र-पत्रिकाओं, अखबारों में लेख और कॉलम छप रहे हैं। इस अवसर पर अंग्रेज़ों द्वारा भारतीयों पर किये गये तत्कालीन अत्याचार, यातनाएँ और नरसंहार के इतिहास की सच्चाई को समस्त भारतीयों के समक्ष लाना,एक सच्चे देश प्रेमी का ही कार्य हो सकता है, किन्तु बिल्ली के गले में घंटी कौन बाँधे ? यहाँ तो देश का नागरिक ही संशय में है कि वह एक भारतीय है अथवा नहीं? वास्तव में हमें किसी भी तथ्य को प्रकट करने के लिए बहुत ही धैर्य, साहस, इतिहास की परख और ईश्वर में विश्वास रखना होता है। साथ ही साथ शासकीय नियमों और गोपनीयता का ससम्मान अनुपालन भी करना होता है। मेरे द्वारा यह निर्णय लिया जाना कि मैं भी इस काण्ड के रहस्य में अपने देश के सच्चे शहीदों को हृदय से नमन करना चाहता हूँ, तो सच मानिए, हमारे साथ ही इस वातावरण के प्रत्येक कण ने सहर्ष स्वागत अभिनन्दन ही किया। यहाँ तक कि मानव रूपी देव-देवियाँ भी सहचर बनकर सहयोग करने में तनिक भी नहीं हिचकिचाए।

वह अपने सामर्थ्य भर अकथ सद्भावना और उनके हृदय के अंत:स्थल से मेरी भावनाओं के साथ जुड़े रहे। इन लोगों ने ससंदर्भ वाँछनीय पुस्तकें और अन्य सामाग्रियाँ भी उपलब्ध करायीं। जिसमें उत्तर प्रदेश सूचना एवं जनसम्पर्क निदेशालय, लखनऊ के अधिकारी, कर्मचारी और हमारे इष्ट-मित्रों ने खूब बढ़-चढ़ कर अपने-अपने दायित्वों का निर्वहन किया, जिसके लिए कुछ नाम तो मैं बिना संकोच के ले ही सकता हूँ तो कुछ लोगों को बस मैं पहचानता भर ही हूँ। पर, स्नेह इतना कि जैसे उनके साथ मेरा जन्मों का रिश्ता हो। जिनमें आदरणीया कुमकुम शर्मा जी, श्री संजीव मुखर्जी, फोटोग्राफर, श्रीमती अलका अस्थाना, श्री उमाशंकर तिवारी जी, अमीरुद्दौला लाइब्रेरी, कैसर बाग, युनिवर्सल बुक डिपो, हजरतगंज, लखनऊ मुख्य हैं। साथ ही साथ मेरे बेटे कम्प्यूटर इंजीनियर अमी अतिशय कुमार ने ऑन लाइन नेट से कुछ महत्वपूर्ण वेब साईट को उद्धृत करके आवश्यक तिथियों व चर्चाओं को मेरे संज्ञान में डाला। इन सभी के प्रति

मेरा कृतज्ञतापूर्ण आभार है। किसी भी लेख को पुस्तकीय रूप में लाने के लिए यह आवश्यक होता है कि उसे साहित्यिक विधाओं के अंतर्गत समेटा जाये। चूँकि ऐतिहासिक घटनाएँ एक प्रकार से तथ्यों और साक्ष्य के आधार पर ही उसकी सत्यता को विश्वास के साथ समाज में रखने से, वे अपनी पैठ पाठकों के हृदय तक बनाती हैं। अत: यह आवश्यक हो जाता है कि विषय को इस प्रकार से विस्तारित किया जाए कि उनके पात्रों, घटनाओं, स्थलों और तिथियों आदि में कोई भ्रांति न हो। अगर इन तिथियों में कोई विसंगति जैसे टंकण त्रुटि अथवा किन्हीं पुस्तक में मिस्प्रिंट (अस्पष्ट छपाई) के कारण कमी पायी जाती है तो उसे साक्ष्य सहित लेखक को अवश्य ही अवगत कराया जाए ताकि उसे सत्यता के आधार पर संशोधित प्रति में उपलब्ध कराने वाले का नाम सहित उल्लेख/ अंकित किया जा सकेगा।

जब मैं हजरतगंज स्थित युनिवर्सल बुक डिपो के बुक काउंटर पर पहुँच कर चौरी-चौरा काण्ड के सन्दर्भ में पुस्तक की माँग की तो उन्होंने कहा कि इस सम्बन्ध में कोई पुस्तक उपलब्ध नहीं है। कृपया आप भारत बुक डिपो,अशोक मार्ग में देख लें। इस पर मेरा उत्तर था कि मैं अभी वहीं 'भारत बुक डिपो' और 'नेशनल बुक डिपो' से देख कर ही आ रहा हूँ। वहाँ पर सारी पुरानी सन्दर्भ वाली पुस्तकें उपलब्ध हैं, जिन्हें मैं पहले ही पढ़ चुका हूँ। तब तक बुक डिपो के मालिक स्वयं आये और मुझे कुछ देर रुकने के लिए कहते हुए कहा कि यदि प्रतियाँ खत्म नहीं हुई होंगी तो आपको एक लेटेस्ट संस्करण की पुस्तक मिल जायेगी। बस थोड़ी ही देर में उनके हाथ में "चौरी-चौरा" शीर्षक के नाम से एक पुस्तक थी, जिसे उन्होंने मेरे हवाले कर दिया। पुस्तक के लेखक का नाम पढ़कर मैं आश्वस्त हो गया था। क्योंकि सुभाष चन्द्र कुशवाहा जी के बारे में मैं पहले भी सुन चुका था, जब आदरणीय श्री 'सूर्यकुमार पाण्डेय जी' को "चौरी-चौरा विद्रोह" पर एक विशेष लेख तैयार करने हेतु 'चौरी-चौरा काण्ड' से सम्बंधित कुछ अभिलेखीय सामग्री उपलब्ध करायी, उसी समय उनके मुख से यह नाम मैंने सुना । पर इस सम्बन्ध में न तो मैंने ज्यादा जानने का प्रयास किया और न ही इसकी कोई जरूरत ही समझी थी, क्योंकि मेरे पास पर्याप्त अभिलेख उपलब्ध हो चुके थे, जिन्हें पढ़कर मैं अपनी पुस्तक तैयार कर सकता था। मैंने तत्काल पुस्तक का मूल्य उन महोदय को भुगतान करके उसे घर ले आया। वास्तव में यह पुस्तक अभिलेखीय रूप से मुझे अति विश्वसनीय और तार्किक लगी। इस पुस्तक का महात्म्य यह है कि लेखक ने इसे इतनी गंभीरता, रोचकता और अपनत्व के आवेश में

संकटमोचक हनुमान की तरह अपने सीने को चीर कर अति भावुकतावश लिखा गया है,जो प्रणम्य और वन्दनीय ही है। किन्तु कहीं-कहीं तथ्य स्वयं शक अथवा (व्यक्तिगत रूचि के कारण) गहन संवेदना के भावावेश में एक तरफ़ा और निजी सोच को बल प्रदान करते हैं। जो अंग्रेज़ों अथवा स्थानीय प्रशासन द्वारा भारतीयों के प्रति उपेक्षा की ओर इशारा करते हैं, जिन्हें विनम्रता के साथ भी प्रस्तुत किया जा सकता था। इस सम्बन्ध में आपने बड़ी ही निष्ठा और विश्वास के साथ स्पष्ट किया है कि- "तमाम प्रतिकूल परिस्थितियों के बावजूद, 'चौरी-चौरा विद्रोह' या 'चौरी-चौरा किसान विद्रोह' की कथा-व्यथा और विचार को समझने की गुंजाइश बनी हुई है। इस विद्रोह का फलक इतना संकुचित नहीं है कि उसे माल एक या दो किताबों में व्याख्यायित किया जा सके, संभव है कि इस दिशा में आगे और भी अनुसंधानात्मक कार्य होंगे।" कुल मिलाकर इस पुस्तक से मुझे घटनाओं के स्थानों, तिथियों और सरकारी अभिलेखों का सत्यापन करने में अति महत्वपूर्ण सहायता मिली। जिसके लिए श्री 'सुभाष चन्द्र कुशवाहा' जी को मैं आभार सहित सादर धन्यवाद संप्रेषित करता हूँ।

"कहानी" अथवा "कथा" शब्द अपने शब्दार्थ में कुछ कहने या कथन करने की क्रिया ध्वनित करने के साथ उसकी विशिष्टता का बोध कराता है और यही विशिष्टता उसे कहानी अथवा कथा की संज्ञा प्रदान करती है। कहानी का विषय मानव और मानव के वार्तालाप के उद्गम से ही जुड़ा है। आदिकाल से ही मानव अपने अनुभव,अपनी देखी-सुनी घटनाएँ, खोजपूर्ण प्रसंग आदि में रोचकता का मिश्रण कर अपने संगी-साथी, घर-परिवार व आस-पड़ोस के लोगों को सुनाता रहा है । वह अपने ऐसे कथन में कल्पना का सहारा लेकर उसमें रोचकता का रंग भरकर उसे आश्चर्यजनक सत्य बनाकर प्रस्तुत करता रहा है। कहानी का प्राचीनतम रूप वैदिक साहित्य, बौद्ध और जैन साहित्य के आख्यानों में मिलता है। कवि रवीन्द्र के अनुसार-"जलस्रोत की 'धारा प्रवाहित' नदी के समान 'कहानी', मानव-जीवन की कहानी को प्रवाहित करती है; जिसका स्वरूप घटनाक्रम के अनुरूप परिवर्तित होता रहता है।" किन्तु ऐतिहासिक कहानियाँ इससे कुछ भिन्न होती हैं। ऐतिहासिक कहानियाँ, तथाकथित घटनाओं के तथ्यों और ठोस साक्ष्य के आधार पर आधारित होती हैं। इनमें हम केवल घटनाओं के समय उपलब्ध साक्ष्य की पड़ताल करके, बस इस बात का अनुमान भर ही लगा सकते हैं कि अमुक पात्र की क्या विवशता अथवा मंशा रही होगी, भाव के अनुरूप कथानक में रोचकता तो ला सकते हैं पर इनके पात्र, स्थान और काल

को कतई नहीं बदल सकते ।

भारतीय हिन्दी साहित्यकारों में प्रसिद्ध विद्वान कहानीकार मुंशी प्रेमचंद जी ने कहा कि-"गल्प ऐसी रचना है जिसमें जीवन के किसी एक अंग या किसी एक मनोभाव को प्रदर्शित करना ही लेखक का उद्देश्य रहता है। उसके चरित्र, उसकी शैली तथा कथाविन्यास सब उसी एक भाव की पुष्टि करता है।"

आचार्य सीताराम चतुर्वेदी द्वारा विरचित ग्रन्थ "समीक्षा-शास्त्र" के अनुसार- "कहानी वह सुसम्बद्ध, संक्षिप्त तथा पूर्ण कहानी है, जो कौशलपूर्ण रचना-शैली में कही गयी हो और जो पाठक के मन पर एक प्रभाव/छाप डाले या जिसका एक परिणाम हो।"

एक कुशल कहानीकार की अभिव्यक्ति की सफलता कहानी की भाषा-शैली पर निर्भर होती है। कहानी लेखन की शैली वर्णनात्मक, आत्म-कथात्मक, पत्रात्मक, संवादात्मक, डायरी आदि किसी भी रूप में हो सकती है किन्तु उक्त शैली में सम्प्रेषणीयता और प्रभविष्णुता अवश्य रहनी चाहिए। कहानी में उद्देश्य और संदेश ही कहानीकार का साध्य होता है। उद्देश्य तो कहानी का मूल केंद्र-बिंदु है। वास्तव में मानव के मूल्यों, घटनाओं के तथ्यात्मक सत्यता को उजागर करना कहानी का मूल उद्देश्य होता है और उनकी रक्षा एवं अभिलेखित करने की प्रेरणा देना कहानी का मूल संदेश होना चाहिए।

किसी भी कथानक/कहानी को विस्तारित करने के लिए विद्वानों ने तीन प्रकार के वर्गों को चिह्नित किया है-(१)अभिव्यक्ति शिल्प की दृष्टि से- अभिव्यक्ति की दृष्टि से कहानियाँ, ऐतिहासिक, वर्णनात्मक, आत्मकथात्मक, संवादात्मक, पत्रात्मक और प्रतीकात्मक होती हैं।

(२)वर्ण्य-विषय की दृष्टि से-वर्ण्य विषयों की दृष्टि से कहानियाँ सामाजिक, ऐतिहासिक,राजनीतिक और मनोवैज्ञानिक विषयों वाली होती हैं।

(३) आधारभूत तत्वों की दृष्टि से-आधारभूत तत्वों की दृष्टि से कहानियाँ घटना-प्रधान, चरित्र-प्रधान, भाव व विचार-प्रधान, वातावरण-प्रधान, शिल्प-प्रधान और समस्या/ प्रश्न-प्रधान होती हैं।

यहाँ मैं केवल ऐतिहासिक और घटना-प्रधान सन्दर्भों में आये पात्र

और अभिलेखों की सत्यता का उद्घाटन करना चाहूँगा। इससे पहले मैं आज के वर्तमान समय में प्रचलित नये युगबोध नव्यता का चोला पहने हुए कहानी-कला के प्रगतिवादी लेखन का भी पक्ष रखना चाहूँगा। वास्तव में कहानी का नव्य प्रयोग सूक्ष्मता, शिल्प व कथ्य सभी को प्रभावित करने लगा है। कहानी के क्षितिज का एक नया आयाम और नया परिवेश ही बन गया है। नयी कहानी, स्थल-देश-काल आदि की सीमा से ऊपर उस समूची मानवता व अंतर्राष्ट्रीयता का स्वर लेकर अपना सफल प्रयास करने को उद्यत रहती है। यह नयी कहानी एक प्रकार से आज की मानवता को अपने परिवेश में सँजोकर नया आयाम प्रदान करती है।

प्रसिद्ध कहानीकार जैनेन्द्र के शब्दों में- "कहानी तो एक भूख है जो निरंतर समाधान पाने की खोज करती रहती है। हमारे अपने सवाल होते हैं, शंकाएँ होती हैं, चिंताएँ होती हैं और हम उनका उत्तर, उनका समाधान खोजने का सतत प्रयास करते रहते हैं। हमारे द्वारा नित्य नये प्रयोग होते रहते हैं, उदाहरणों और मिसालों की खोज होती रहती है, कहानी उसी खोज के प्रयत्न का एक उदाहरण है।"

अब आप देखें कि कोई भी कहानी अथवा लेख लिखने से पहले उसका प्रस्तावना लिखा जाना आवश्यक होता है। इसी प्रकार जब हम ऐतिहासिक तथ्यों को शब्दों के व्यवहार में बाँधने का प्रयास करते हैं, तो सबसे पहले हम उसके पूर्व की स्थितियों पर एक दृष्टि डालते हैं और फिर उसके कारक और कारणों पर विशदता से शोध, अनुसंधान करते हुए कथ्य में रोचकता और अन्वेष्णीय महत्ता को सर्वोपरि रखते हुए, उसके मूल फलागम के उपसंहार को एक आदर्शपूर्ण प्रस्तुति और सामाजिक कार्यव्यवहार में अपनाने व मार्गदर्शन सहित रोचकता का समावेश कराने में सफल हो पाते हैं। प्रस्तुत वर्ण्य विषय; भारत के स्वतन्त्रता संग्राम की दृष्टि से था। स्वराज्य प्राप्ति कर लेने तक की अवधि में, बहुत ही महत्त्वपूर्ण और गंभीरता से गहन चिंतन-मनन करके एक वास्तविक सामाजिक ताना-बाना बुनने में अहम प्रकरण है जिसे हम कतई अनदेखा नहीं कर सकते।

सच में, जब भी हमारे दिल से यह आवाज उठती है कि हम एक भारतीय हैं तो अनायास ही इस विश्व के इतिहास में "एक सोने की चिड़िया" अपने कोमल पंखों से खुले आकाश में अनन्त को नापने हेतु सुखद परवाज भरने लगती है। हम अपने इतिहास को कदापि अँधेरों में गुम नहीं होने देंगे। इस प्रयास में हम

सभी भारतीय नागरिकों का यह दायित्व है कि हम सत्य, अहिंसा और प्रेम का पालन करते हुए अपनी खोयी हुई विरासत को पुनः अर्जित करने हेतु दृढ़ता से संकल्पवान हो यह शपथ लें कि हम मात्र स्वार्थ और झूठे आडम्बरों के लिए अपनी सुसंस्कृति और सुसभ्यता पर तनिक भी आँच नहीं आने देंगे, तभी हम एक सच्चे भारतीय कहलाने के हक़दार होंगे और गर्व से दुनिया के सामने अपना सिर उठा कर जी सकेंगे।

केवल प्रसाद सत्यम

लेखक

अनुक्रम

भारतीय राष्ट्रवाद का स्वरूप (विश्वबंधुत्व वाद)

हम जिस चौरी-चौरा काण्ड में किसान आन्दोलन/जन क्रान्ति का विश्लेषण करने जा रहें हैं, उस चौरी-चौरा काण्ड की घटना के सम्बन्ध में हमें समाज में प्रचलित कहानी के अन्दर इस घटना को घटित होने के कारकों और उद्देश्यपूर्ण प्रकृति को समझना होगा। अत: पहले हम देश की अन्य समसामयिक महत्त्वपूर्ण घटनाओं और उसकी प्रकृति को संक्षिप्त रूप में समझ लेते हैं। इस समय देश के विभिन्न प्रान्तों में अंग्रेज़ी शासन के दमनपूर्ण कार्यवाहियों के विरुद्ध सम्पूर्ण उत्तर-प्रदेश में भी जगह-जगह जलसे-जुलूस की धूम मची हुई थी। जनपद गोरखपुर में विदेशी वस्त्रों की होलियाँ जलने लगी। अंग्रेज़ सरकार ने हुक्म जारी किया कि जिस ताल्लुकेदार के इलाके में विदेशी वस्त्रों की होली जलेगी उस पर मुकहमा चलाया जाएगा। इस आदेश के बाद जमींदारों और कांग्रेस पार्टी में सीधा टकराव होने लगा, जिसमें आम जनता की संलग्नता होने के कारण आक्रोश फूट पड़ा। सहजनवा और चौरी-चौरा को सत्याग्रह का केंद्र बनाया गया, जहाँ ताड़ी, शराब, गाँजा, गाँव के माँस-मछली और विदेशी कपड़ों की दूकानों पर धरना दिया जाने लगा तथा माँस-मछली व सब्जियों के विक्रय दर को नियंत्रित करने के लिए स्वयंसेवकों की पिकेटिंग होने लगी। इस सम्बन्ध में कई बार पुलिस, जमींदारों के कारिंदों और सामान्य जन अथवा स्वयं-सेवक दल के कार्यकर्ताओं के बीच मतभेद होने के साथ ही मार-पीट भी हो जाती थी। इसी सम्बन्ध में चौरी-चौरा थाने के दरोगा गुप्तेश्वर सिंह ने कांग्रेस के स्वयंसेवक भगवान् अहीर और उसके दो साथियों को बीच बाजार में चमड़े के हंटर से मार कर उनकी खाल उधेड़ दी थी।

इस घटना से आहत आम नागरिकों में रोष फूट पड़ा। उसी दिन शाम को एक गाँधी सभा बुलायी गयी जिसमें स्थानीय नेताओं सहित दूरदराज गाँव के लोग और व्यापारी भी इकट्ठे हुए थे, जिसमें यह निर्णय लिया गया कि थानेदार और अंग्रेज़ी शासन की दमनकारी नीतियों के विरुद्ध एक बड़ा प्रदर्शन करके गुप्तेश्वर सिंह को उचित चेतावनी दी जायेगी कि स्वयंसेवकों के साथ भविष्य में ऐसा बर्ताव न किया जाए। इस सम्बन्ध में कार्यकर्ताओं के मध्य से एक सुझाव यह आया कि प्रदर्शन में यदि हमारे सदस्यों की संख्या कम होगी तो थानेदार

और जमींदार के कारिंदे मिलकर हम सब को एक बार फिर पीट देंगे। हम लोग प्रदर्शन को शान्तिपूर्ण बनाये रखने के लिए अपने आस-पास के अन्य गाँव के मुख्य कार्यकर्ता और पदाधिकारियों को भी बुला लें, जिसे सभा में सर्वसम्मति से मान लिया गया। दिनांक ०३.०२.१९२२ की शाम से लोगों की भीड़ जमा होनी शुरू हो गयी। यह एक ऐसा सामाजिक हितों वाला कार्य था जिसमें सभी नागरिकों को दिलचस्पी हो रही थी। दिनांक चार फरवरी की सुबह होते-होते तकरीबन ४०० से ५०० लोगों की भीड़ एकत्र हो चुकी थी। बाद में डुमरी खुर्द गाँव से जुलूस चौरी-चौरा थाने की ओर आगे बढ़ने के साथ ही बाजार के लोग भी भीड़ का हिस्सा बनते जा रहे थे। यह प्रदर्शनकारी जब थाने से आगे की ओर बढ़ रहे थे तो कुछ लोग आपस में मजाक करते-करते हँसने लगे। गुप्तेश्वर सिंह को लगा कि सब उसका मजाक उड़ा रहे हैं। वह जन सैलाब देख कर डर गया था। इतनी अधिक संख्या में भीड़ देख कर दरोगा गुप्तेश्वर ने चौकीदारों को लाठी फटकने के आदेश दे दिए। लाठियों की ठकाठक की आवाज सुनकर भीड़ में भगदड़ मच गयी और पुलिस ने लाठी चार्ज के साथ गोलियाँ भी चलवा दी। देखते ही देखते कुछ प्रदर्शनकारियों की लाशें बिछ गयीं, जिसे द्वारिका प्रसाद पाण्डेय सहन न कर सके और थानेदार को ललकारा। पुलिस वाले डर कर थाने में छुप गये और अन्दर से कुण्डी बंद कर ली। अब क्या था, भीड़ ने पास की दूकान से मिट्टी का तेल लाकर पूरा थाना ही फूँक दिया। जिसमें २२ सिपाही और एक दरोगा गुप्तेश्वर सिंह सहित पुलिस की गोलियों से तीन अन्य प्रदर्शनकारी कुल २६ लोगों की मृत्यु हो गयी थी। इस घटना की जानकारी दशरथ द्विवेदी ने तार के माध्यम से गाँधी जी को दी। गाँधी जी ने बारदोली में प्रस्तावित अपना सत्याग्रह आन्दोलन तत्काल स्थगित कर दिया। बाद में इस काण्ड में पाए गये दोषियों में १९ को फाँसी की सजा और शेष अन्य लोगों को अलग-अलग तरह की सजा सुनाई गयी थी। इस चौरी-चौरा काण्ड घटित होने की पृष्ठभूमि में हमारा भारतीय इतिहास और संस्कृति की अखण्डता की पड़ताल में हमें सत्यता के सागर में बार-बार गोता लगाना होगा

प्राय: हमें यह सुनने को मिलता है कि भारत में कभी कोई एक राष्ट्रवाद नहीं रहा। भारत देश में छोटे-छोटे रजवाड़ों का शासन हुआ करता था। इन राजाओं के मध्य आपसी सीमा और समृद्धि को लेकर छोटी-छोटी बातों पर भी युद्ध होते रहते थे जिसके कारण भारत में एक राष्ट्रवाद कभी पनपा ही नहीं। जबकि यह राष्ट्रवाद हमारे वैदिक काल से ही हमारे जीवन का एक अंग था।

     चौरी चौरा काण्ड

जब भारतीय संस्कृति की बात आती है तब कई पश्चिम के विद्वान इस व्याख्या को भूलकर यह मानने लगते हैं कि ब्रिटिश लोगों के कारण ही भारत में राष्ट्रवाद की भावना ने जन्म लिया; राष्ट्रीयता की चेतना ब्रिटिश शासन की देन है और उससे पहले भारतीय लोग इस चेतना से अनभिज्ञ थे पर, भावना जागृत हुई। यह सत्य नहीं है।

भारत देश के एक लम्बे इतिहास में; चाहे आधुनिक काल हो या भारत में अंग्रेज़ों का शासनकाल हो, राष्ट्रीयता की भावना का विशेष रूप से विकास हुआ। भारत में अंग्रेज़ी शिक्षा के प्रचार-प्रसार से एक ऐसे विशिष्ट वर्ग का निर्माण हुआ जो स्वतन्त्रता को मूल अधिकार समझता था और जिसमें अपने देश को अन्य पाश्चात्य देशों के समकक्ष लाने की प्रेरणा थी। पाश्चात्य देशों का इतिहास पढ़कर उनमें एक दृढ़ राष्ट्रवादी भावना का विकास हुआ। इसका तात्पर्य यह नहीं है कि भारत के प्राचीन इतिहास से नयी पीढ़ी को राष्ट्रवादी प्रेरणा ही नहीं मिली थी।

वस्तुतः भारत की राष्ट्रीय चेतना वेदकाल से अस्तित्वमान है। अथर्ववेद के पृथ्वी सूक्त में धरती माता का यशगान किया गया है। यथा "माता भूमिः पुत्रोऽहं पृथिव्याः" अर्थात् "भूमि माता है और मैं पृथ्वी का पुत्र हूँ।" विष्णु पुराण में तो राष्ट्र के प्रति श्रद्धाभाव चरमोत्कर्ष पर दिखाई देता है। इसमें भारत का यशगान 'पृथ्वी पर स्वर्ग' के रूप में किया गया है।

"अत्रापि भारतं श्रेष्ठं जम्बूद्वीपे महामुने ,

यतो हि कर्मभूरेषा ह्यतोऽन्या भोगभूमयः ।

अत्र जन्म सहस्राणां सहस्त्रैरपि सत्यं

कदाचिल्लभते जन्तुर्मानुष्यं पुण्यसञ्चयात् ॥

गायन्ति देवाः किलगीतकानि

धन्यास्तु ते भारतभूमिभागे ।

स्वर्गापवर्गास्पदमार्गभूते

भवन्ति भूयः पुरुषा सुरत्वात् ॥"

(श्रीविष्णुपुराण, 2/3/22,23,24)

अर्थ:-

हे महामुने! इस जम्बूद्वीप में भी भारतवर्ष सर्वश्रेष्ठ है, क्योंकि यह कर्मभूमि है, इसके अतिरिक्त भूमियाँ, भोग-भूमियाँ हैं।

हे सत्यं! जीव को सहस्र जन्मों के अनन्तर महान पुण्यों का उदय होने पर ही कभी इस देश में मनुष्य-जन्म प्राप्त होता है। देवगण भी निरन्तर यही गाया करते हैं कि 'जिन्होंने स्वर्ग और अपवर्ग के मार्गभूत के कारकों से भारतवर्ष में जन्म लिया है वे पुरुष हम देवताओं की अपेक्षा भी अधिक धन्य (बड़भागी) हैं।'

इसी प्रकार 'वायुपुराण' में भारत को अद्वितीय कर्मभूमि बताया गया है। भागवतपुराण में तो भारतभूमि को सम्पूर्ण विश्व में 'सबसे पवित्र भूमि' कहा गया है। इस पवित्र भारत-भूमि पर तो देवता भी जन्म धारण करने की अभिलाषा रखते हैं, ताकि सत्कर्म करके वे वैकुण्ठ धाम को प्राप्त कर सकें।

"कदा वयं हि लप्स्यामो जन्म भारत-भूतले।
कदा पुण्येन महता प्राप्यस्यामः परमं पदम्।

महाभारत के भीष्मपर्व में भारतवर्ष की महिमा का गान इस प्रकार किया गया है;

अत्र ते कीर्तिष्यामि वर्ष भारत भारतम्
प्रियमिन्द्रस्य देवस्य मनोवैवस्वतस्य।

अन्येषां च महाराजक्षत्रियारणां बलीयसाम्।

सर्वेषामेव राजेन्द्र प्रियं भारत भारताम् ॥"

'गरुण पुराण' में राष्ट्रीय स्वतन्त्रता की अभिलाषा कुछ इस प्रकार व्यक्त हुई है-

"स्वाधीन वृत्तः साफल्यं न पराधीनवृत्तिता।

ये पराधीनकर्माणो जीवन्तोऽपि ते मृताः ॥"

बाल्मीकि कृत रामायण में रावणवध के पश्चात् राम, लक्ष्मण से कहते हैं-

 चौरी चौरा काण्ड

> *"अपि स्वर्णमयी लङ्का न में लक्ष्मण रोचते ।*
>
> *जननी जन्मभूमिश्च स्वर्गादपि गरीयसी ॥"*

(अर्थ : हे लक्ष्मण! यद्यपि यह लंका स्वर्णमयी है, तथापि मुझे इसमें रुचि नहीं है। (क्योंकि) जननी और जन्मभूमि स्वर्ग से भी महान हैं। जननी जन्मभूमिश्च स्वर्गादपि गरीयसी देखें)।

आधुनिक काल में भारतीय राष्ट्रवाद का उदय

कुछ लोग भारतीय राष्ट्रवाद को एक आधुनिक तत्व मानते हैं। इस राष्ट्रवाद का अध्ययन अनेक दृष्टिकोणों से महत्त्वपूर्ण है। राष्ट्रवाद के उदय की प्रक्रिया अत्यन्त जटिल और बहुमुखी रही है। भारत में अंग्रेज़ों के आने से पहले देश में ऐसी सामाजिक संरचना थी जो कि संसार के किसी भी अन्य देश में शायद ही कहीं पाई जाती हो। वह पूर्व मध्यकालीन यूरोपीय समाजों से, आर्थिक दृष्टि से भिन्न थी। भारत विविध भाषा-भाषी और अनेक धर्मों के अनुयायियों का एक विशाल जनसंख्या वाला देश है। सामाजिक दृष्टि से हिंदू समाज जो कि देश की जनसंख्या का सबसे बड़ा भाग है, विभिन्न जातियों और उपजातियों में विभाजित रहा है। स्वयं हिन्दू धर्म में किसी विशिष्ट पूजा-पद्धति का नाम नहीं है। बल्कि उसमें कितने ही प्रकार के दर्शन और पूजा पद्धतियाँ सम्मिलित हैं। इस प्रकार हिंदूसमाज अनेक सामाजिक और धार्मिक विभागों में बँटा हुआ है। भारत की सामाजिक, आर्थिक तथा राजनीतिक संरचना का विशाल आकार होने के कारण यहाँ पर राष्ट्रीयता का उदय अन्य देशों की तुलना में अधिक कठिनाई से हुआ है। शायद ही विश्व के किसी अन्य देश में इस प्रकार की प्रकट भूमि में राष्ट्रवाद का उदय हुआ हो।

सर जॉन स्ट्रेची ने भारत के विभिन्नताओं के विषय में कहा है कि "भारतवर्ष के विषय में सर्वप्रथम महत्त्वपूर्ण जानने योग्य बात यह है कि भारतवर्ष न कभी राष्ट्र था, और न है, और न उसमें यूरोपीय विचारों के अनुसार किसी प्रकार की भौगोलिक, राजनैतिक, सामाजिक अथवा धार्मिक एकता थी, न कोई भारतीय राष्ट्र और न कोई भारतीय ही था जिसके विषय में हम बहुत अधिक सुनते हैं।"

इसी सम्बन्ध में सर जॉन शिले का कहना है कि-"यह विचार कि भारतवर्ष एक राष्ट्र है, यह उस मूल पर आधारित है जिसको राजनीति शास्त्र स्वीकार नहीं

करता और दूर करने का प्रयत्न करता है। भारतवर्ष एक राजनीतिक नाम नहीं है, वरन् एक भौगोलिक नाम है, जिस प्रकार यूरोप या अफ्रीका।"

उपरोक्त विचारों से स्पष्ट हो जाता है कि भारत में राष्ट्रवाद का उदय और विकास उन परिस्थितियों में हुआ जो राष्ट्रवाद के मार्ग में सहायता प्रदान करने के स्थान पर बाधाएँ पैदा करती हैं। वास्तविकता यह है कि भारतीय समाज की विभिन्नताओं में मौलिक एकता सदैव विद्यमान रही है और समय-समय पर राजनैतिक एकता की भावना भी उदय होती रही है।

वी॰ ए॰ स्मिथ के शब्दों में-"वास्तव में भारतवर्ष की एकता उसकी विभिन्नताओं में ही निहित है।" ब्रिटिश शासन की स्थापना से भारतीय समाज में नये विचारों तथा नयी व्यवस्थाओं को जन्म मिला है, इन विचारों तथा व्यवस्थाओं के बीच हुई क्रियाओं और प्रतिक्रियाओं के परिणामस्वरूप भारत में राष्ट्रीय विचारों को जन्म मिला।

इस प्रकार हम देखते हैं कि भारतीय संस्कृति सदैव से अक्षुण्ण है। भारत ने अपने जन्म काल से ही आत्ममंथन, आत्मउत्थान, पर्यावरण संरक्षण अथवा प्राकृतिक संसर्ग के साथ ही साथ सामाजिक परिवेश के उत्थान को भी सर्वोपरि रखा है। फलत: भारत में 'जियो और जीने दो' की भावना सर्वथा पूजनीय रही है। यही कारण भी रहा कि भारत को 'सोने की चिड़िया' कहा जाता रहा। यहाँ यह बात समझ लेना आवश्यक है कि किसी भी देश में आत्मनिर्भरता और स्थायित्व बनाये रहने के लिए यह आवश्यक होता है कि वहाँ की जनता और शासक के बीच के कार्यव्यवहार में एकरूपता हो, तभी कोई देश 'सोने की चिड़िया' बन सकता है।

भारत देश की प्राकृतिक और सांस्कृतिक संसाधनों की समृद्धि को ध्यान में रखते हुए ही इस पर विदेशियों की बुरी नजर लगी रही। इस बुरी नजर के बावजूद भी विदेशियों को इस पर अपना आधिपत्य जमाने में कई सदी तक एड़ी-चोटी तक का जोर लगाना पड़ा होगा। यद्यपि यहाँ के स्थानीय राजाओं में आपसी मतभेद हुआ करते थे किन्तु उनका मूल भाव होता था कि उनकी प्रजा धन-धान्य, शिक्षा के क्षेत्र में समृद्ध और आत्मनिर्भर रहे। इसी कारणवश भारत में 'अतिथि देवो भव:' का कथन चरितार्थ हुआ है। हमें यह देखने को मिलता है कि इन स्थानीय राजाओं के आपसी झगड़े और युद्ध के बाद भी होने वाले

बदलाव से जनसाधारण/ जन सामान्य के जन-जीवन पर कभी कोई प्रतिकूल प्रभाव नहीं पड़ता था। धीरे-धीरे राजाओं की महत्वाकांक्षाओं ने कूटनीतिवश बाहरी आगंतुकों को प्रश्रय देने और उन्हें विदाई के समय सोना-चाँदी, हीरे-मोती, माणिक्य आदि उपहारस्वरूप भेंट देकर अपनी झूठी प्रशंसा कराने लगे, इस कार्य को उनकी निजी कोरा आडम्बर और मूर्खता समझ कर बाहरी लोगों ने खूब लाभ ही नहीं उठाया बल्कि इसका अन्य देशों में गलत प्रचार-प्रसार करके विदेशी राजाओं को उकसा कर इनकी (भारतीय राजाओं) संपत्ति हड़पने की नीति की नींव डाली।

'अतिथि देवो भव:' की आड़ में विदेशी राजा, आगंतुक बनकर आते और भारतीय लोक संस्कृति, सभ्यता सहित अकूत धन- वैभव और समृद्धि को देखकर दंग रह जाते थे। उनके इस भ्रमण काल में इन्हें राजाओं, सामंतों, साहूकारों और सामाजिक समुदायों से विदाई के रूप में जो अपार स्नेह और उपहार मिलता, उन्हें यह भीख जैसा प्रतीत होता था। अत: उनकी लालच भरी दृष्टि संतुष्ट न होकर आत्म विद्वेष को जन्म देने लगी, फलत: बाहरी अतिथि, विरोधी राजाओं, स्थानीय सामंतों/साहूकारों को अपना मित्र बना कर उनका विश्वास अर्जित करके उनके सच्चे हितकारी बन जाते। सीधा-साधा भारत और भारत के लोग केवल प्रेम के भूखे थे, उन्हें धन-संपत्ति से अधिक मिलता पर गर्व होता था और ये लोग 'अतिथि देवो भव:' की भावना में उनके छल-छद्म को नहीं समझ पाते थे। ऐसे ही भारतीयों की सहायता से बाहरी राजाओं ने भारत में पहले लूट-पाट की फिर धीरे-धीरे रियासतों/राज्यों पर कब्जा भी जमाने लगे।

मध्ययुगीन भारत

"प्राचीन भारत" और "आधुनिक भारत" के बीच का समय भारतीय उपमहाद्वीप के इतिहास की लंबी अवधि को दर्शाता है। अवधि की परिभाषाओं में व्यापक रूप से भिन्नता है, और आंशिक रूप से इस कारण कई इतिहासकार अब इस शब्द को प्रयोग करने से बचते हैं। (Keay, 155 ".. |the history of what used to be called 'medieval' India ..."; Harle, 9 "I have eschewed the term 'medieval', meaningless in the Indian context, for the years from c |950 to c |1300 ...")

मध्यकाल के प्रारम्भ को लेकर इतिहासकारों के बीच मतभेद है। जहाँ कुछ इतिहासकार इसे गुप्त राजवंश के पतन के बाद ५वीं-छठीं शताब्दी के बाद शुरू हुआ मानते हैं जबकि कुछ इसे ७वीं-८वीं शताब्दी से शुरू हुआ मानते हैं। गुप्त साम्राज्य के पतन के बाद और दिल्ली सल्तनत के शुरू होने के बीच भारतवर्ष कई छोटे राज्य में बँटा हुआ था। हालाँकि कई साम्राज्यों ने इसे पुनर्गठित करने की कोशिश की लेकिन ज्यादा समय के लिये नहीं कर सके। इस दौर में सबसे महत्वपूर्ण गुर्जर-प्रतिहार, पाल और राष्ट्रकूट साम्राज्य के बीच त्रिपक्षीय संघर्ष और भारत पर मुस्लिम आक्रमण की शुरूआत रही। उस दौर के कुछ राजवंश जिन्होनें शासन किया,निम्नानुसार हैं-

राष्ट्रकूट राजवंश-यह कन्नड़ शाही राजवंश 6वीं से 10वीं शताब्दी के बीच भारतीय उपमहाद्वीप के बड़े हिस्से पर शासन करता था। इसी दौर में एलोरा महाराष्ट्र का निर्माण किया गया।

गुर्जर-प्रतिहार राजवंश -

पूर्वी चालुक्य -7वीं से 12वीं शताब्दी तक, एक दक्षिण भारतीय तेलुगू राजवंश जिसका राज्य वर्तमान में आंध्रप्रदेश में स्थित है।

पल्लव राजवंश-कांचीपुरम में केन्द्रित, 6वीं से 9वीं शताब्दियों तक तेलुगू और कुछ तमिल क्षेत्रों के महत्वपूर्ण शासक रहे।

पाल राजवंश- बंगाल में 8वीं से 12वीं शताब्दी तक के अंतिम प्रमुख बौद्ध शासक थे। 9वीं सदी में अधिकांश उत्तर भारत में इनका नियंत्रण था।

चोल राजवंश- 9वीं से 13वीं शताब्दी के बीच एक दक्षिण भारतीय साम्राज्य जो तमिलनाडु से शासन करता था, अपनी स्वर्णकाल पर इसने अपने शासन को दक्षिण-पूर्व एशियाई क्षेत्रों तक विस्तारित किया था। पश्चिमी चालुक्य, कलचुरि राजवंश, पश्चिम गंग वंश, पूर्वी गंगवंश, होयसल राजवंश, काकतीय वंश, सेन राजवंश, परमार राजवंश, कर्नाट वंश आदि ने राज्य किया।

इसके बाद भी पश्चिम से मुस्लिम आक्रमणों में तेजी आयी।

फ़ारस पर अरबी तथा तुर्कों के विजय के बाद ११वीं सदी में इन शासकों का ध्यान भारत की ओर गया। इसके पहले छिटपुट रूप से कुछ मुस्लिम शासक उत्तर भारत के कुछ इलाकों को जीत या उन पर राज कर चुके थे पर इनका प्रभुत्व तथा शासनकाल अधिक समय तक नहीं रहा था। हालाँकि अरब सागर के मार्ग से अरब के लोग दक्षिण भारत के कई इलाकों खासकर केरल से अपना व्यापार संबंध, इससे भी कई सदी पहले से बनाये हुए थे। पर इससे भी इन दोनों प्रदेशों के बीच सांस्कृतिक आदान-प्रदान बहुत कम ही हुआ था।

दिल्ली सल्तनत

१२वीं सदी के अंत तक भारत पर तुर्क, अफ़गान तथा फ़ारसी आक्रमण बहुत तेज हो गये थे। मुहम्मद गौरी के बारम्बार आक्रमण ने दिल्ली सल्तनत को हिला कर रख दिया। ११९२ (1192) ई. में तराईन के युद्ध में दिल्ली का शासक पृथ्वीराज चौहान पराजित हुआ और इसके बाद दिल्ली की सत्ता पर पश्चिमी आक्रांताओं का कब्जा हो गया। हालाँकि मुहम्मद गौरी पृथ्वीराज को हराकर वापस लौट गया पर उसके गुलामों (दास) ने दिल्ली की सत्ता पर राज किया और आगे यही दिल्ली सल्तनत की नींव साबित हुई।

गुलाम-वंश

गुलाम-वंश की स्थापना के साथ ही भारत में इस्लामी शासन आरंभ हो गया था। कुतुबुद्दीन ऐबक (१२०६-१२१०) (1206-1210) इस वंश का प्रथम शासक था। इसके बाद इल्तुतमिश (१२११-१२३६) (1211-1236), रज़िया सुल्तान (१२३६-१२४०) (1236-1240) तथा अन्य कई शासकों के

बाद उल्लेखनीय रूप से गयासुद्दीन बलबन (१२५०-१२९०) सुल्तान बना। इल्तुतमिश के समय छिटपुट मंगोल आक्रमण भी हुए। पर भारत पर कभी भी मंगोलों का बड़ा आक्रमण नहीं हुआ और मंगोल (फ़ारसी में मुग़ल) ईरान, तुर्की और मध्यपूर्व तथा मध्य एशिया तक ही सीमित रहे।

ख़िलजी-वंश

ख़िलजी वंश को दिल्ली सल्तनत के विस्तार की तरह देखा जाता है। जलालुद्दीन फिरोज़ खिलजी, जो कि इस वंश का संस्थापक था वस्तुतः बलबन की मृत्यु के बाद सेनापति नियुक्त किया गया था। पर उसने सुल्तान कैकूबाद की हत्या कर दी और खुद सुल्तान बन बैठा। इसके बाद उसका दामाद अलाउद्दीन खिलजी शासक बना। अलाउद्दीन ने न सिर्फ अपने साम्राज्य का विस्तार किया बल्कि उत्तर-पश्चिम से होने वाले मंगोल आक्रमणों का भी डटकर सामना किया। इसके बाद का साम्राज्य मुगल बादशाह के अधीन चला गया।

तुग़लक़-वंश

गयासुद्दीन तुग़लक़, मुहम्मद बिन तुग़लक़, फ़िरोज़ शाह तुग़लक़ आदि इस वंश के प्रमुख शासक थे। फ़िरोज के उत्तराधिकारी, तैमूर लंग के आक्रमण का सामना नहीं कर सके और तुग़लक़ वंश का पतन १४०० ई० तक हो गया था। हालाँकि तुग़लक़ व शासक अब भी राज करते थे पर उनकी शक्ति क्षीण हो चुकी थी। मुहम्मद बिन तुग़लक़ वो पहला मुस्लिम शासक था जिसने दक्षिण भारत में साम्राज्य विस्तार के लिए प्रयत्न किया। इसके कारण उसने अपनी राजधानी दौलताबाद कर दी।

सैयद-वंश

सैयद वंश की स्थापना 1586 ई० में खिज्र खाँ के द्वारा हुई थी। यह वंश अधिक समय तक सत्ता में नहीं रह सका और इसके बाद लोदी वंश सत्ता में आया।

लोदी-वंश

लोदी वंश की स्थापना १४५१ में तथा पतन बाबर के आक्रमण से १५२६ में हुआ। इब्राहिम लोदी इसका आखिरी शासक था।

विजयनगर साम्राज्य का उदय

विजयनगर साम्राज्य की स्थापना हरिहर तथा बुक्का नामक दो भाइयों ने की थी। यह १५वीं सदी में अपने चरम पर पहुँच गया था जब कृष्णा नदी के दक्षिण का सम्पूर्ण भू-भाग इस साम्राज्य के अन्तर्गत आ गया था। यह उस समय भारत का एकमात्र हिन्दू राज्य था। हालाँकि अलाउद्दीन खिलजी द्वारा कैद किये जाने के बाद हरिहर तथा बुक्का ने इस्लाम कबूल कर लिया था जिसके बाद उन्हें दक्षिण विजय के लिए भेजा गया था। पर इस अभियान में सफलता न मिल पाने के कारण उन्होंने विद्यारण्य नामक संत के प्रभाव में आकर वापस हिन्दू धर्म अपना लिया था। उस समय विजयनगर के शत्रुओं में बहमनी, अहमदनगर, होयसल बीजापुर तथा गोलकुंडा के राज्य थे।

मंगोल आक्रमण/दिल्ली सल्तनत का पतन

लोदी शासकों के कई गलत निर्णयों के कारण प्रजा की उनके प्रति असंतुष्टी तेजी से फैलने लगी। फिरोज शाह तुगलक ने स्थायी सेना समाप्त करके सामन्ती सेना का गठन किया। सैनिकों के वेतन समाप्त कर के ग्रामीण क्षेत्रों में भूमि अनुदान दिया गया। जिससे सेना भी सीधा लाभ पाकर शिथिल पड़ने लगी। प्रशासनिक दुर्बलता, आर्थिक संकट, न्याय व्यवस्था में लचीलापन, जजिया व अन्य कर लगाने जैसे कई कारण थे। जो लोदी-वंश के पतन के कारण बने।

मुग़ल-वंश

पंद्रहवीं सदी की शुरूआत में मध्य एशिया में फ़रगना के निर्वासित राजकुमार जाहिरुद्दीन (बाबर) काबुल में आ बसा। वहाँ वो फारसी साम्राज्य के अधीन काबुल प्रान्त का अधिपति नियुक्त था। दिल्ली के निर्बल शासक और दौलत खान (पंजाब का अधिपति) के बुलाने पे बाबर ने दिल्ली की ओर कूच किया जहाँ उसका इब्राहिम लोदी के साथ युद्ध हुआ। जिसमें लोदी की हार हुई और इसके साथ ही भारत में मुगल वंश की नींव पड़ गयी जिसने अगले 300 वर्षों तक एक छत्र राज्य किया। दिल्ली में स्थापित होने के बाद बाबर को राजपूत विद्रोह का सामना करना पड़ा। राजपूत शासक राणा सांगा के साथ खानवा का युद्ध हुआ जिसमें बाबर फिर विजयी हुआ। बाबर की मृत्यु के बाद उसका पुत्र हुमायूँ शासक बना। उसे दक्षिण बिहार के सरगना शेरशाह सूरी ने

हराकर सत्ताच्युत कर दिया, लेकिन शेरशाह की मृत्यु के बाद उसने दिल्ली की सत्ता पर वापस अधिकार कर लिया।

हुमायूँ का पुत्र अकबर एक महान शासक साबित हुआ और उसने साम्राज्य विस्तार के अतिरिक्त धार्मिक सहिष्णुता तथा उदार राजनीति का परिचय दिया। वह एक लोकप्रिय शासक भी था। उसके बाद जहाँगीर तथा शाहजहाँ सम्राट बने। शाहजहाँ ने ताजमहल का निर्माण करवाया जो आज भी मध्यकालीन दुनिया के सात आश्चर्यों में गिना जाता है। इसके बाद औरंगजेब आया। उसके शासनकाल में कई धार्मिक व सैनिक विद्रोह हुए। हालाँकि वो सभी विद्रोहों पर काबू पाने में विफल रहा पर सन् १७०७ में उसकी मृत्यु के साथ ही मुग़ल साम्राज्य का विघटन आरंभ हो गया था। एक तरफ मराठा तो दूसरी तरफ अंग्रेज़ों के आक्रमण ने दिल्ली के शाह को नाममात्र का शाह बनाकर छोड़ा।

मराठों का उत्कर्ष

जिस समय बहमनी सल्तनत का पतन हो रहा था उस समय मुगल साम्राज्य अपने चरमोत्कर्ष पर था-विशाल साम्राज्य, बगावतों से दूर और विलासिता में डूबा हुआ। उस समय शाहजहाँ का शासन था और शहज़ादा औरंगजेब उस के दक्कन का सूबेदार था। बहमनी के सबसे शक्तिशाली परवर्ती राज्यों में बीजापुर तथा गोलकुण्डा के राज्य थे। बीजापुर के कई सूबेदारों में से एक थे शाहजी। शाहजी एक मराठा थे और पुणे और उसके दक्षिण के इलाकों के सूबेदार। शाहजी की दूसरी पत्नी जीजाबाई से उनके पुत्र थे शिवाजी। कुछ वर्षों पश्चात् शम्भाजी की मृत्यु के बाद शिवाजी के दूसरे पुत्र राजाराम ने गद्दी सम्हाली। उनके समय मराठों का उत्तराधिकार विवाद गहरा गया पर औरंगजेब भी बूढ़ा हो चला था, इसलिए मराठों को सफलता मिलने लगी और वे उत्तर में नर्मदा नदी तक पहुँच गए। बीजापुर का पतन हो गया था और मराठों ने बीजापुर के मुगल क्षेत्रों पर भी अधिकार कर लिया। औरंगजेब की मृत्यु के बाद तो मुगल साम्राज्य कमजोर होता चला गया और उत्तराधिकार विवाद के बावजूद मराठे शक्तिशाली होते चले गए। उत्तराधिकार विवाद के चलते मराठाओं की शक्ति पेशवाओं (प्रधानमंत्री) के हाथ में आ गयी और पेशवाओं के अन्दर मराठा शक्ति में और भी विकास हुआ और वे दिल्ली तक पहुँच गए। १७६१ में नादिर शाह के सेनापति अहमद शाह अब्दाली ने मराठाओं को पानीपत की तीसरी लड़ाई में हरा दिया। इसके बाद मराठा शक्ति का ह्रास होता गया। उत्तर

में सिक्खों का उदय होता गया और दक्षिण में मैसूर स्वायत्त होता गया । अंग्रेज़ों ने भी इस कमजोर राजनैतिक स्थिति को देखकर अपना प्रभुत्व स्थापित करना आरंभ कर दिया । बंगाल और अवध पर उनका नियंत्रण १७७० तक स्थापित हो गया था और अब उनकी निगाह मैसूर पर टिक गयी थी ।

यूरोपीय शक्तियों का उद्भव

भारत की समृद्धि को देखकर पश्चिमी देशों में भारत के साथ व्यापार करने की इच्छा पहले से थी। यूरोपीय नाविकों द्वारा सामुद्रिक मार्गों का पता लगाना इन्हीं लालसाओं का परिणाम था। तेरहवीं सदी के आसपास मुसलमानों का आधिपत्य भूमध्य सागर और उसके पूरब के क्षेत्रों पर हो गया था और इस कारण यूरोपीय देशों तक जाने वाली भारतीय माल की आपूर्ति ठप पड़ गयी। उस पर भी इटली के वेनिस नगर में चुंगी देना उनको रास नहीं आता था। कोलम्बस भारत का पता लगाते-लगाते अमेरिका पहुँच गया और सन् 1487-88 में पेडरा द कोविल्हम नाम का एक पुर्तगाली नाविक पहली बार भारत के तट पर मालाबार पहुँचा। भारत पहुँचने वालों में पुर्तगाली सबसे पहले थे। इसके बाद डच आए और डचों ने पुर्तगालियों से कई लड़ाइयाँ लड़ीं। भारत के अलावा श्रीलंका में भी डचों ने पुर्तगालियों को खदेड़ दिया। पर डचों का मुख्य आकर्षण भारत न होकर दक्षिण पूर्व एशिया के देश थे। अतः उन्हें अंग्रेज़ों ने पराजित किया जो मुख्यतः भारत पर अधिकार करना चाहते थे। आरंभ में तो इन यूरोपीय देशों का मुख्य काम व्यापार ही था पर भारत की राजनैतिक स्थिति को देखकर उन्होंने यहाँ साम्राज्यवादी और औपनिवेशिक नीतियाँ अपनानी आरंभ की।

पुर्तगाली

22 मई 1498 को पुर्तगाल का वास्कोडिगामा भारत के तट पर आया जिसके बाद भारत आने का रास्ता तय हुआ। उसने कालीकट के राजा से व्यापार का अधिकार प्राप्त कर लिया पर वहाँ सालों से स्थापित अरबी व्यापारियों ने उसका विरोध किया। 1499 में वास्को-डि-गामा स्वदेश लौट गया और उसके वापस पहुँचने के बाद ही लोगों को भारत के सामुद्रिक मार्ग की जानकारी मिली।

सन् 1500 में पुर्तगालियों ने कोचीन के पास अपनी कोठी बनाई। शासक सामुरी (जमोरिन) से उसने कोठी की सुरक्षा का भी इंतजाम करवा लिया क्योंकि अरब व्यापारी उसके ख़िलाफ़ थे। इसके बाद कालीकट और कन्नोर में भी पुर्तगालियों ने कोठियाँ बनाई। उस समय तक पुर्तगाली भारत में अकेली

यूरोपीय व्यापारिक शक्ति थी। उन्हें बस अरबों के विरोध का सामना करना पड़ता था। सन् 1506 में पुर्तगालियों ने गोवा पर अपना अधिकार कर लिया। ये घटना जमोरिन को पसन्द नहीं आई और वो पुर्तगालियों के खिलाफ हो गया। पुर्तगालियों के भारतीय क्षेत्र का पहला वायसराय डी-अल्मीडा था। उसके बाद अल्बूकर्क (1509) पुर्तगालियों का वायसराय नियुक्त हुआ। उसने 1510 में कालीकट के शासक जमोरिन का महल लूट लिया।

पुर्तगाली, इसके बाद व्यापारी से ज्यादा साम्राज्यवादी नज़र आने लगे। वे पूरब के तट पर अपनी स्थिति सुदृढ़ करना चाहते थे। अल्बूकर्क के मरने के बाद पुर्तगाली और अधिक क्षेत्रों पर अधिकार करते चले गये। सन् 1571 में बीजापुर, अहमदनगर और कालीकट के शासकों ने मिलकर पुर्तगालियों को निकालने की चेष्टा की पर वे सफल नहीं हुए। 1579 में वे मद्रास के निकट थोमें, बंगाल में हुगली और चटगाँव में अधिकार करने में सफल रहे। 1580 में मुगल बादशाह अकबर के दरबार में पुर्तगालियों ने पहला ईसाई मिशन भेजा। वे अकबर को ईसाई धर्म में दीक्षित करना चाहते थे पर कई बार अपने नुमाइन्दों को भेजने के बाद भी वो सफल नहीं रहे। पर पुर्तगाली भारत के विशाल क्षेत्रों पर अधिकार नहीं कर पाए थे। उधर स्पेन के साथ पुर्तगाल का युद्ध और पुर्तगालियों द्वारा ईसाई धर्म के अन्धाधुन्ध और कट्टर प्रचार के कारण वे स्थानीय शासकों के शत्रु बन गये और 1612 में कुछ मुगल जहाज को लूटने के बाद उन्हें भारतीय प्रदेशों से हाथ धोना पड़ा।

डच

पुर्तगालियों की समृद्धि देख कर डच भी भारत और श्रीलंका की ओर आकर्षित हुए। सर्वप्रथम 1598 में डचों का पहला जहाज अफ्रीका और जावा के रास्ते भारत पहुँचा। 1602 में प्रथम डच कम्पनी की स्थापना की गयी जो भारत से व्यापार करने के लिए बनाई गयी थी। इस समय तक अंग्रेज़ और फ्रांसीसी लोग भी भारत पहुँच चुके थे पर नाविक दृष्टि से डच इनसे वरिष्ठ थे। सन् 1602 में डचों ने अम्बोयना पर पुर्तगालियों को हरा कर अधिकार कर लिया। इसके बाद 1612 में श्रीलंका में भी डचों ने पुर्तगालियों को खदेड़ दिया। उन्होंने पुलीकट (1610), सूरत (1616), चिनसुरा (1653), क़ासिम बाज़ार, बड़ानगर, पटना, बालेश्वर (उड़ीसा), नागापट्टनम् (1659) और कोचीन (1653) में अपनी कोठियाँ स्थापित कर लीं। पर, एक तो डचों का मुख्य उद्देश्य

भारत से व्यापार न करके पूर्वी एशिया के देशों में अपने व्यापार के लिए कड़ी के रूप में स्थापित करना था। दूसरे अंग्रेज़ों और फ्रांसीसियों ने उन्हें यहाँ और यूरोप दोनों जगह युद्धों में हरा दिया। इस कारण डचों का प्रभुत्व बहुत दिनों तक भारत में नहीं रह पाया था।

अंग्रेज़ और फ्रांसीसी

इंग्लैंड के नाविकों को भारत का पता 1578 ई० तक नहीं लग पाया था। 1578 में सर फ्रांसिस ड्रेक नामक एक अंग्रेज़ नाविक ने लिस्बन जाने वाले एक जहाज को लूट लिया। इस जहाज़ से उसे भारत जाने वाले रास्ते का मानचित्र मिला। 31 मई सन् 1600 को कुछ व्यापारियों ने इंग्लैंड की महारानी एलिज़ाबेथ को ईस्ट इण्डिया कम्पनी की स्थापना का अधिकार पत्र दिया। उन्हें पूरब के देशों के साथ व्यापार की अनुमति मिल गयी। 1601-03 के दौरान कम्पनी ने सुमात्रा में वेण्टम नामक स्थान पर अपनी एक कोठी खोली। हेक्टर नाम का एक अंग्रेज़ नाविक सर्वप्रथम सूरत पहुँचा। वहाँ आकर वो आगरा गया और जहाँगीर के दरबार में अपनी एक कोठी खोलने की विनती की। जहाँगीर के दरबार में पुर्तगालियों की धाक पहले से थी। उस समय तक मुगलों से पुर्तगालियों की कोई लड़ाई नहीं हुई थी। इस कारण पुर्तगालियों की मुगलों से मित्रता बनी हुई थी। हॉकिन्स को वापस लौट जाना पड़ा। पुर्तगालियों को अंग्रेज़ों ने 1612 में सूरत में पराजित कर दिया और सर टॉमस रो को इंग्लैंड के शासक जेम्स प्रथम ने अपना राजदूत बनाकर जहाँगीर के दरबार में भेजा। वहाँ उसे सूरत में अंग्रेज़ों की कोठी खोलने की अनुमति मिली।

इसके बाद बालासोर (बालेश्वर), हरिहरपुर, मद्रास (1633), हुगली (1651) और बंबई (1688) में अंग्रेज़ कोठियाँ स्थापित की गयीं पर अंग्रेज़ों की बढ़ती उपस्थिति और उनके द्वारा अपने सिक्के चलाने से मुगल नाराज हुए। उन्हें हुगली, कासिम बाज़ार, पटना, मछलीपट्टनम्, विशाखापत्तनम और बम्बई से निकाल दिया गया। 1690 में अंग्रेज़ों ने मुगल बादशाह औरंगजेब से क्षमा याचना की और अर्थदण्ड का भुगतान कर नयी कोठियाँ खोलने और किलेबंदी करने की आज्ञा प्राप्त करने में सफल रहे।

इसी समय सन् 1611 में भारत में व्यापार करने के उद्देश्य से एक फ्रांसीसी कंपनी की स्थापना की गयी थी। फ्रांसीसियों ने 1668 में सूरत, 1669

में मछलीपट्टनम तथा 1674 में पाण्डिचेरी में अपनी कोठियाँ खोल लीं। आरंभ में फ्रांसीसियों को भी डचों से उलझना पड़ा पर बाद में उन्हें सफलता मिली और कई जगहों पर वे प्रतिष्ठित हो गए। पर बाद में उन्हें अंग्रेज़ों ने निकाल दिया। ("India before the British: The Mughal Empire and its Rivals, 1526-1857". University of Exeter. मूल से 4 फ़रवरी 2018 को पुरालेखित। अभिगमन तिथि 16 फ़रवरी 2018.)

औरंगज़ेब ने दक्षिण की ओर ध्यान लगाया तो उत्तर में सिक्खों का उदय हो गया। औरंगज़ेब के मरते ही (1707) मुगल साम्राज्य बिखर गया। अंग्रेज़ों ने डचों, पुर्तगालियों तथा फ्रांसीसियों को भगाकर भारत पर व्यापार का अधिकार सुनिश्चित किया और 1857 के विद्रोह को कुचलने के बाद सत्ता पर काबिज हो गए। ("भारत का 20 लाख साल पुराना इतिहास देखेंगे"। मूल से 11 सितंबर 2019 को पुरालेखित। अभिगमन तिथि 6 अप्रैल 2020")

17वीं शताब्दी के मध्यकाल में पुर्तगाल, डच, फ्रांस, ब्रिटेन सहित अनेकों यूरोपीय देशों, जो कि भारत से व्यापार करने के इच्छुक थे, उन्होंने देश में स्थापित शासित प्रदेश, जो कि आपस में युद्ध करने में व्यस्त थे, का लाभ प्राप्त किया। अंग्रेज़ दूसरे देशों से व्यापार के इच्छुक लोगों को रोकने में सफल रहे और १८४० ई. तक लगभग संपूर्ण देश पर शासन करने में सफल हुए। १८५७ ई. में ब्रिटिश ईस्ट इण्डिया कम्पनी के विरुद्ध असफल विद्रोह, जो कि भारतीय स्वतन्त्रता के प्रथम स्वतन्त्रता संग्राम के नाम से जाना जाता है, के बाद भारत का अधिकांश भाग सीधे अंग्रेज़ी शासन के प्रशासनिक नियंत्रण में आ गया।

भारत के इतिहास में 10 मई 1857 का दिन सुनहरे अक्षरों में दर्ज है। आज ही के दिन मेरठ की छावनी के 85 जवानों की वजह से देश में ब्रिटिश हुकूमत (British Raj) के खिलाफ और आजादी के लिए पहली चिंगारी फूटी थी। इतिहासकार लिखते हैं कि 1857 की क्रांति की तैयारी कई साल से की जा रही थी। नाना साहब, अजीमुल्ला खान, रानी झाँसी, तात्या टोपे, कुँवर जगजीत सिंह, मौलवी अहमद उल्ला शाह और बहादुर शाह जफर जैसे नेता क्रांति (Revolution) की भूमिका तैयार करने में जुटे थे। यही नहीं, इंग्लैंड (England) के दुश्मन देश रूस (Russia) और ईरान (Iran) ने समर्थन का भरोसा दिया था। सैनिकों के विद्रोह के बाद किसान, मजदूर, कास्तकार और आदिवासियों ने करीब ढाई साल तक इस आन्दोलन को थमने नहीं दिया था।

गाय और सुअर की चर्बी लगे कारतूस चलाने से मना करने वाले सैनिकों के कोर्ट मार्शल के बाद क्रांतिकारियों ने उग्र रूप इख्तियार कर लिया और 50 से ज्यादा अंग्रेज़ों की हत्या कर दी थी। इस क्रांति के बाद भी अंग्रेज़ों ने भारत पर 9 दशक तक शासन किया, लेकिन क्रांति का दमन करने के दौरान ब्रिटिश क्राउन को भारत में अंग्रेज़ी सत्ता का दबदबा बनाये रखने के लिए काफी बदलाव करना पड़ा। जिससे भारतीय जनाक्रोश भी बढ़ गया। यहाँ एक बात और स्पष्ट कर देने की आवश्यकता है कि अब तक भारत के पूर्ण स्वराज की जिम्मेदारी सत्य अहिंसा और प्रेम के पुजारी महात्मा गाँधी जी पर निर्भर थी। महात्मा गाँधी जी अपने दृढ़ संकल्प और प्रतिज्ञा में नीतिगत लिए गये निर्णयों के प्रति पूर्ण आस्था और समपर्ण भाव रखते थे। गाँधी जी अपनी सत्यनिष्ठा से देश में लागू संविधान और पद के प्रति दिलाई गयी शपथ के प्रति भी जवाबदेय थे, जबकि अंग्रेज़ स्वयं ही ऐसी कोई निष्ठा या शपथ का पालन नहीं करते थे। उनकी यह नीति ही थी कि किसी भी प्रकार से भारतीय क्रांतिकारियों के हौसलों को पस्त करके अंग्रेज़ी हुकूमत का एक छल शासन कायम रखा जा सके। इसी क्रम में क्रांति में साथ नहीं देने वाली रियासतों को समय-समय पर सम्मानित किया जाता रहा।

1857 की क्रांति के बाद ब्रिटिश अधिकारी पहले से ज्यादा सजग हो गये और उन्होंने आम भारतीयों के साथ संवाद बढ़ाने की कोशिशें शुरू कर दीं। इससे पहले उन्होंने विद्रोह करने वाली सेना (जिसमें भारतीय सैनिकों की संख्या अधिक थी) को भंग कर दिया। प्रदर्शन की क्षमता के आधार पर सिक्खों और बलूचियों की सेना की नयी पलटनें बनाई गयीं। ये सेना भारत की स्वतंत्रता तक कायम रही। क्रांति में शामिल नहीं होने वाले रियासतों के मालिकों और जमींदारों को लॉर्ड कैनिंग ने 'तूफान में बांध' की संज्ञा दी। उन्हें ब्रिटिश शासन की ओर से सम्मानित भी किया गया। उन्हें आधिकारिक रूप से अलग पहचान और ताज दिया गया। कुछ बड़े किसानों के लिए भूमि-सुधार के कार्य भी किए गए। इतिहासकार राधिका सिंह के अनुसार- "1857 के बाद औपनिवेशिक सरकार को मजबूत किया और अदालती प्रणाली के माध्यम से अपनी बुनियादी सुविधाओं का विस्तार करते हुए कानूनी प्रक्रिया और विधि को स्थापित किया गया।"

राधिका सिंह के मुताबिक, नयी कानून व्यवस्था में पुराने ताज और ईस्ट इण्डिया कंपनी का विलय कर दिया गया। साथ ही नयी दीवानी और फौजदारी

प्रक्रिया को नयी दण्ड संहिता के रूप में प्रस्तावित किया गया, जो पूरी तरह से ब्रिटिश कानून पर आधारित थी। सरकार ने 1860–1880 के दशकों में जन्म, मृत्यु प्रमाणपत्र, संपत्ति दस्तावेज और अन्य कार्यों से संबंधित प्रमाणपत्र अनिवार्य कर दिए। इसका उद्देश्य स्थायी, सार्वजनिक रिकॉर्ड और निरीक्षण योग्य पहचान का डाटा तैयार करना था। पहली अखिल भारतीय जनगणना 1868 से 1871 तक हुई। इसमें व्यक्तिगत नामों के बजाय घर में महिलाओं की कुल संख्या के आधार पर गणना की गयी। वहीं, भारत में साम्राज्यवादी सत्ता को मजबूत करने के लिए कई दूसरे कदम भी उठाए गए। निरंकुश हो चुकी ईस्ट इण्डिया कंपनी के शासन का नाम बदल दिया गया। इसके बाद भारत पर शासन का पूरा अधिकार महारानी विक्टोरिया के हाथों में आ गया। इस बात का लाभ उठाते हुए अंग्रेज़ सरकार ने भारतीय सेना का एक बार फिर से पुनर्गठन करने का फैसला लिया।

इंग्लैंड में 1858 के अधिनियम के तहत एक 'भारतीय राज्य सचिव' की व्यवस्था की गयी, जिसकी सहायता के लिए 15 सदस्यों की एक 'मंत्रणा परिषद' बनाई गयी। 1864-69 के दौरान वायसराय रहे जॉन लॉरेंस ने भारतीय सेना का फिर से गठन किया। रानी और ईस्ट इण्डिया कंपनी के सैनिकों को आपस में मिला दिया गया। दरअसल, 25 मार्च 1857 को मंगल पाण्डे (Mangal Pandey) ने बैरकपुर छावनी में गाय और सुअर की चर्बी लगे कारतूसों को इस्तेमाल करने से इंकार करते हुए अंग्रेज़ अफसरों के खिलाफ विद्रोह किया। इसके बाद मेरठ में तीसरी इन्फेंट्री के 85 सिपाहियों ने भी बगावत कर दी।अंग्रेज़ों के लिए उस विद्रोह को दबा पाना ज्यादा मुश्किल नहीं रहा। मंगल पाण्डे को 8 अप्रैल को फांसी पर चढ़ा दिया गया। इसके बाद 9 मई को परेड ग्राउंड पर मेरठ की तीनों रेजीमेण्ट के सामने कारतूस लेने से इन्कार करने वाले सैनिकों का कोर्ट मार्शल कर 10 साल कैद की सजा सुनाई गयी और विक्टोरिया पार्क में बनी जेल में बंद कर दिया। इससे सैनिकों का गुस्सा और अधिक भड़क उठा।

परिणाम यह हुआ कि 10 मई की शाम को 50 से अधिक अंग्रेज़ों की हत्याएँ हुईं।

अंग्रेज़ अधिकारियों (British Officers) ने भीषण गर्मी के कारण 10 मई 1857 को चर्च में सुबह के बजाय शाम को ही जाने का फैसला किया। कैंट एरिया से अंग्रेज़ अपने घरों से निकलकर सेंट जोंस चर्च पहुँचे। रविवार होने की

वजह से अंग्रेज़ सिपाही छुट्टी पर थे। शाम करीब 5.30 बजे क्रांतिकारियों और भारतीय सैनिकों ने ब्रिटिश सैनिक और अधिकारियों पर हमला बोल दिया। सैनिक विद्रोह की शुरूआत के साथ सदर, लालकुर्ती, रजमन समेंत कई इलाकों में 50 से अधिक अंग्रेज़ों की मौत एक साथ हुई। क्रांतिकारियों ने विक्टोरिया पार्क जेल पर धावा बोलकर अपने सभी साथियों को जेल से आजाद करा लिया। इसके बाद मेंरठ की तीनों रेजिमेंट के बहादुर सिपाहियों ने बगावत का झंडा उठाया और सीधे दिल्ली के लिए निकल पड़े। मेरठ से शुरू हुई क्रांति पंजाब, राजस्थान, उत्तर प्रदेश, बिहार, आसाम, तमिलनाडु और केरल तक फैलती चली गयी।

क्रांतिकारियों ने 14 मई को दिल्ली पर कब्जा-कर लिया

क्रांतिकारियों की फौज 11 मई की सुबह तक दिल्ली (Delhi) में जमा हो चुकी थी। 'मारो फिरंगी, मारो' के नारे जब दिल्ली में गूँजना शुरू हुए, तो अंग्रेज़ी हुकूमत बुरी तरह घबरा गयी। क्रांतिकारियों ने 14 मई को दिल्ली पर कब्जा कर लिया और मुगल बादशाह बहादुरशाह ज़फर को दिल्ली का सम्राट घोषित कर दिया। अब तक क्रांतिकारियों का हौसला दो गुना तक बढ़ चुका था। दिल्ली में सफलता को देखते हुए इस विद्रोह की आग देखते ही देखते देश के अन्य हिस्सों में भी फैल गयी। हालाँकि, 21 सितंबर को अंग्रेज़ों ने दिल्ली पर फिर कब्जा कर लिया। अंग्रेज़ों द्वारा क्रान्ति को दबाने की लाख कोशिशों के बाद भी देश की आजादी के नारे, समय के साथ और बुलंद होते गए। इसके बाद भी अंग्रेज़ों ने भारतीय क्रान्ति के दमन का भरसक प्रयास किया कि भारत में उठती आजादी की माँग को हमेशा के लिए दबाया जा सके। भारतीयों में राष्ट्रीय भावना की कमी होने के कारण ही क्रांतिकारियों की योजनाये कहीं न कहीं कमजोर कड़ी के साथ विफल हो जाती थीं। जिसमें एक राष्ट्रीय अगवा या नेता का न होना बहुत ही खलता था।

ब्रिटिश शासन के समानान्तर भारत की स्थिति

छत्रपति शिवाजी

भारतीय राष्ट्रवाद को समझने के लिए उसकी सामाजिक पृष्ठभूमि को समझना आवश्यक है। भारत में अंग्रेज़ों के आने से पहले भारतीय ग्राम आत्मनिर्भर समुदाय के रूप में थे। वे छोटे-छोटे गणराज्यों के समान ही थे, जो प्रत्येक क्षेत्र में आत्मनिर्भर थे। इन्हें बाद में रियासतों के नाम से जाना जाने लगा था। ब्रिटिश शासन के पूर्व भारत में ग्रामीण अर्थव्यवस्था कृषि और कुटीर उद्योगों पर आधारित थी और सदियों से ज्यों-की-त्यों चली आ रही थी। कृषि और उद्योग में तकनीकी स्तर अत्यन्त निम्न स्तर का था। सामाजिक क्षेत्र में परिवार, जाति, पंचायत और ग्रामीण पंचायत ही सामाजिक नियन्त्रण का कार्य करती थी। नगरीय क्षेत्र में कुछ नगर राजनैतिक, कुछ धार्मिक तथा कुछ व्यापार की दृष्टि से महत्त्वपूर्ण थे।अधिकतर राज्यों की राजधानी किसी न किसी नगर में थी। नगरों में अधिकतर लघु उद्योग प्रचलित थे। इन उद्योगों को राजकीय सहायता प्राप्त होती थी। अधिकतर गाँवों और नगरों में परस्पर सांस्कृतिक आदान-प्रदान बहुत कम होता था, क्योंकि यातायात और संदेश/संचार के साधन बहुत ही कम विकसित थे। इस प्रकार राजनैतिक परिवर्तनों से ग्राम की सामाजिक स्थिति पर बहुत कम प्रभाव पड़ता था। विभिन्न ग्रामों और नगरों के एक दूसरे से अलग-अलग रहने के कारण देश में कभी अखिल भारतीय राष्ट्र की भावना उत्पन्न नहीं हो सकी। भारत में जो भी राष्ट्रीयता की भावना थी, वह अधिकतर धार्मिक और आदर्शवादी एकता की भावना थी, वह राजनैतिक व आर्थिक एकता की भावना नहीं थी। लोग तीर्थयात्रा करने के लिए पूर्व से पश्चिम और उत्तर से दक्षिण भारत का दौरा अवश्य करते थे और इससे देश की धार्मिक एकता की भावना बनी हुई थी, किन्तु सम्पूर्ण देश परस्पर संघर्षरत छोटे-छोटे राज्यों में बँटा हुआ था, जिनमें बराबर युद्ध होते रहते थे। दूसरी ओर ग्रामीण समाज इन राजनैतिक परिवर्तनों से लगभग अछूते रहते थे। भारतीय संस्कृति मुख्यरूप से धार्मिक रही है। इसमें राजनैतिक तथा आर्थिक मूल्यों को कभी इतना महत्त्व नहीं दिया गया, जितना कि आधुनिक संस्कृति में दिया जाता है। भारतीय संस्कृति की एकता भी धार्मिक आदर्शवादी एकता है। उसमें राष्ट्रीय भावना का अधिकतर अभाव

ही दिखलाई देता है।

कृषि व्यवस्था में परिवर्तन

भारत में अंग्रेज़ों की विजय के पश्चात् भारतीय समाज में व्यापक रूपान्तरण हुआ। ब्रिटिश साम्राज्य की स्थापना का कारण मुगल साम्राज्य का पतन और देश का अनेक छोटे-छोटे राज्यों में विभाजित हो जाना था। ब्रिटिश शासन पूर्व-मुस्लिम शासनों से अनेक बातों में भिन्न था। भारतीय लोगों की तुलना में अंग्रेज़ों में राष्ट्रीयता की भावना, अनुशासन, देशभक्ति और सहयोग कहीं अधिक दिखाई पड़ते थे। उनके इन गुणों ने भारतीय विशिष्ट वर्ग को भी प्रभावित किया। अंग्रेज़ी शासन के भारत की आर्थिक संरचना पर दूरगामी प्रभाव पड़े। उससे एक और देश में प्राचीन एशियायी समाज को आघात पहुँचा और दूसरी ओर पाश्चात्य समाज की स्थापना हुई। इससे देश में राजनैतिक एकता का निर्माण हुआ। उसके प्रभाव से देश में राष्ट्रीयता के आन्दोलन का विकास हुआ। उससे देश की कृषि व्यवस्था में आमूल-चूल परिवर्तन हुआ। अंग्रेज़ों के आने से पहले भूमि राजा की नहीं समझी जाती थी। उसे जोतने वाले राजा को लगान(कर). दिया करते थे, अस्तु भूमि निजी सम्पत्ति भी नहीं मानी जाती थी। अंग्रेज़ों के आने से भूमि पर ग्रामीण समुदाय का अधिकार नहीं रहा, बल्कि वह व्यक्तियों की निजी सम्पत्ति बन गयी। इस प्रकार देश के कुछ भागों में जमीनदारों और अन्य भागों में किसानों का खेतिहर भूमि पर अधिकार हो गया। लार्ड कार्नवालिस के राज्यकाल में, बंगाल, बिहार और उड़ीसा में जमींदार वर्ग का उदय हुआ। इससे ग्रामीण अर्थव्यवस्था में दूरवर्ती परिवर्तन हुए। देश के अन्य भागों में रैयतवाड़ी प्रबन्ध से किसानों को उनके द्वारा जोती गयी भूमि पर अधिकार दे दिया गया। सर टॉमस ने मद्रास के गवर्नर के रूप में सन् 1820 ई. में रैयतवाड़ी व्यवस्था प्रारम्भ की। इससे देश में व्यापक, सामाजिक, राजनैतिक सांस्कृतिक और मनोवैज्ञानिक परिवर्तन हुए। लगान देने की नयी व्यवस्था में ग्रामीण पंचायत नहीं बल्कि जमींदार और किसान सीधे सरकार को कर देने लगे। इस प्रकार कृषि व्यवस्था व्यापार की स्थिति में आ गयी और परंपरागत (परम्परागत) भारतीय ग्रामीण व्यवस्था का विघटन हुआ। क्रमशः कृषि व्यवस्था का रूपान्तरण होने लगा। भूमि पर निजी अधिकार स्थापित होने से भूमि के छोटे-छोटे टुकड़े बढ़ने लगे। इस अपखण्डन से खेती पर बुरा प्रभाव पड़ा। लगान वसूल करने की नयी प्रणाली से सरकारी कर्मचारियों के नवीन वर्गों का निर्माण हुआ। जिनका

दूरवर्ती राजनीतिक महत्त्व है। देश की आर्थिक दशा बिगड़ने लगी, गरीबी बढ़ने लगी। गाँवों में लोगों पर कर्ज बढ़ने लगा, जिससे क्रमशः भूमि खेती करने वालों के हाथ से निकल कर खेती न करने वाले भू-स्वामियों के हाथ में जाने लगी। इससे भू-दासों के एक नवीन वर्ग का निर्माण हुआ, जिसके हित भू-स्वामियों के हित के विरुद्ध थे। कृषि के क्षेत्र में एक ओर सर्वहारा भू-दास और दूसरी ओर परोपजीवी जमींदार वर्ग का निर्माण हुआ, जिनमें परस्पर आपसी संघर्ष और तनाव भी बढ़ने लगा। इन वर्गों के निर्माण से देश की एकता में व्यापक, सामाजिक आर्थिक और राजनैतिक परिवर्तन के फलस्वरूप अधिक नुकसान ही हुआ। जिसके फलस्वरूप विद्रोह की ज्वाला प्रज्वलित हुई।

नगरीय अर्थव्यवस्था में परिवर्तन

ब्रिटिश शासनकाल में नगरीय अर्थव्यवस्था में भी व्यापक परिवर्तन हुए। कुटीर उद्योगों को धक्का लगा। विदेशी शासन में उनके हितों पर कुठाराघात हुआ। उनके माल की खपत कम होती गयी, जिससे क्रमशः परम्परागत उद्योग समाप्त होने लगे। कारीगरों का सामाजिक स्तर गिरने लगा और वे कारीगरी छोड़कर अन्य व्यवसायों की ओर आकर्षित हुए। विदेशों से आए हुए बने-बनाये माल के मुकाबले देशी माल की खपत घटने लगी, जिसके परिणामस्वरूप भारत अधिकतर कच्चा माल उत्पादन करने का स्रोत बन गया और देश के बाजार विदेशी माल से भरे जाने लगे। इस पृष्ठभूमि का इस देश में आधुनिक उद्योगों के विकास में अत्यधिक महत्त्व है। अंग्रेज़ों ने अपने लाभ के लिए देश में यातायात और संदेश/माल ढोने वाले वाहन के साधन बढ़ाये। उन्होंने नये-नये उद्योगों की स्थापना की। इन सबसे धीरे-धीरे राष्ट्रीयता की भावना के विकास में सहायता मिली। अंग्रेज़ी पढ़े नये लोगों ने अंग्रेज़ों की आर्थिक नीति की कटु आलोचना की। देश में उद्योगों के विकास से पूँजीपती वर्ग बढ़ने लगा। अधिकतर भारतीय उद्योगों में विदेशी पूँजी लगी हुई थी। इस प्रकार देश की अर्थ-व्यवस्था देश के लिए हानिकारक और अंग्रेज़ों के लिए लाभदायक थी। दूसरी ओर व्यापार और उद्योग के क्षेत्र में अंग्रेज़ों का एकाधिकार बढ़ गया। जिसके फलस्वरूप विद्रोह की ज्वाला स्वत: भड़क उठी।

शिक्षा का प्रसार

अंग्रेज़ों ने भारत के समुदायों को उनके मूल व्यवसाय से अलग करके देश में एक ऐसे वर्ग के निर्माण के लिए अंग्रेज़ी शिक्षा का प्रचार किया जो कि उन्हें शासन में सहायता दे सके। पूर्व-ब्रिटिश भारत में अधिकतर शिक्षा धार्मिक शिक्षा थी जो संस्कृत पाठशालाओं तथा मुस्लिम मदरसों के माध्यम से दी जाती थी। ईसाईयों ने देश में आधुनिक शिक्षा का प्रचार किया, यद्यपि उनकी शिक्षा का एक उद्देश्य देश में ईसाईयों की संख्या बढ़ाना भी था, किंतु उससे पश्चिमी तथा आधुनिकीकरण की प्रक्रियाओं को भी प्रोत्साहन मिला। अंग्रेज़ों ने सामान्य शिक्षा के अतिरिक्त व्यावसायिक शिक्षा देने के लिए भी विद्यालय खोले। पाश्चात्य शिक्षा के प्रभाव से देश में एक ऐसे विशिष्ट वर्ग का निर्माण हुआ जिसने राष्ट्रीय शिक्षा की ओर ध्यान दिया। यह वर्ग शिक्षा के महत्त्व को भली-भाँति जानता था। ब्रह्म समाज, आर्य समाज, रामकृष्ण मिशन, अलीगढ़ आंदोलन ने भी शिक्षा को प्रोत्साहित किया। काशी हिन्दू विश्वविद्यालय और अलीगढ़ में मुस्लिम विश्वविद्यालय की स्थापना हुई। देश में अनेक जगह दयानन्द ऐंग्लो-वैदिक विद्यालयों और कालेजों की स्थापना हुई। अंग्रेज़ी शिक्षा के प्रसार से जहाँ एक ओर काले अंग्रेज़ों का वर्ग बढ़ा जो कि केवल जन्म से भारतीय और सब प्रकार से अंग्रेज़ थे, वहीं दूसरी ओर ऐसे पढ़े-लिखे वर्ग का भी निर्माण हुआ जो कि देश की प्राचीन परम्पराओं पर गर्व करते थे। इन्हीं लोगों ने देश में राष्ट्रीय आन्दोलन का सूत्रपात किया। भारत में अंग्रेज़ी शिक्षा प्रणाली की चाहे जितनी भी आलोचना की जाए यह निश्चित है कि उससे देश में राष्ट्रीय आन्दोलन का सूत्रपात हुआ। उससे राष्ट्रीयता, जनतन्त्रवाद और समाजवाद की लहर उत्पन्न हुई। यह भारतीय समाज भी कई समुदायों में बाँट दिया गया-पूंजीवादी, जमींदार, सेवक (नौकर), किसान, मजदूर, मिल-मजदूर आदि। जनता में इस कारण भी अंग्रेज़ी नीति के विरुद्ध आक्रोश बढ़ा।

ब्रिटिश शासन की न्याय व्यवस्था

अंग्रेज़ों से पहले भारत में मौलिक, राजनैतिक और प्रशासनिक एकता का सर्वथा अभाव था। अंग्रेज़ों ने समस्त देश में राजनैतिक और प्रशासनिक दृष्टि से सामान्य व्यवस्था स्थापित की थी। उन्होंने अपने राज्य में कानून के राज्य की स्थापना की। ये कानून राज्य के प्रत्येक नागरिक पर लागू किए गये और इनको लागू करने के लिए देश में एक जटिल न्याय व्यवस्था का निर्माण हुआ। राज्य द्वारा नियुक्त न्यायाधीश, कानून की व्याख्या करते थे और राज्य के अधिनियमों को नागरिकों पर लागू करते थे। सम्पूर्ण देश में निचली अदालतों, उच्च न्यायालयों तथा संचीय न्यायालयों और काउंसिल्स की स्थापना हुई। जिसकी अपील प्रिवी काउंसिल में की जा सकती थी। इस प्रकार कानून, रीति-रिवाजों पर आधारित न होकर अधिक निश्चित बन गए। कानून का राज्य स्थापित होने से स्थानीय पंचायतों के अधिकार कम हो गये तथा न्याय-व्यवस्था में एकरूपता की स्थापना हुई। अंग्रेज़ों के आने के पहले के भारत में और अंग्रेज़ी राज्य कानूनी व्यवस्था में भारी अन्तर दिखलाई पड़ता है जबकि पूर्व ब्रिटिश कानून अधिकतर धार्मिक स्व-वृत्तियों पर आधारित था। ब्रिटिश कानून, अधिनियम और जनतन्त्रीय मूल्यों पर आधारित था। उसमें जाति वर्ग, प्रजाति वर्ग, लिंग के भेदभाव के बिना राज्य के प्रत्येक नागरिक को समान अधिकार प्राप्त थे। इस प्रकार ब्रिटिश शासनकाल में भारतीय इतिहास में पहली बार देश की जनता में जनतन्त्रीय आधार पर एकता स्थापित हो सकी। कानूनी एकता के अतिरिक्त ब्रिटिश शासन में प्रशासनिक एकता की भी स्थापना हुई। नगरीय क्षेत्रों जिसमें सूबे की प्रशासनिक व्यवस्था समस्त देश में एक ही प्रकार की थी, में लगान की व्यवस्था में व्यापक परिवर्तन होने से देश में भूमि सम्बन्धी कानून व्यवस्था की स्थापना हुई, जिसमें भूमि क्रय-विक्रय और रहन-सहन के सम्बन्ध में समस्त देश में एक जैसे कानूनों का प्रसार हुआ। आर्थिक क्षेत्र में ब्रिटिश सरकार ने समस्त देश में एक जैसे सिक्के/मुद्रा का प्रसार किया जिसमें व्यापार और क्रय-विक्रय में सुविधाजनक अभूतपूर्व वृद्धि हुई। यद्यपि अंग्रेज़ और जमींदार अपनी हिकमत और रुतबे के प्रभाव के कारण इन नियमों का बड़ी चालाकी से दुरुपयोग करते रहे जो भविष्य में विद्रोह की राह में एक महत्त्वपूर्ण कड़ी साबित हुई।

नये वर्गों का उदय

अंग्रेज़ों के शासनकाल में नवीन सामाजिक और आर्थिक व्यवस्था तथा नवीन प्रशासनिक प्रणाली और नयी शिक्षा के विस्तार से नये वर्गों का उदय हुआ। ये वर्ग प्राचीन भारतीय समाज में नहीं पाए जाते थे। ये अंग्रेज़ी शासनकाल में पूँजीवादी व्यवस्था से उत्पन्न हुए किन्तु देश के विभिन्न भागों में इन नये वर्गों का एक ही प्रकार से उदय नहीं हुआ। इसका कारण यह था कि देश के विभिन्न भागों में एक ही साथ अंग्रेज़ी शासन की स्थापना नहीं हुई और न उनमें एक ही साथ सुधार लागू किए गए। सबसे पहले बंगाल में अंग्रेज़ी शासन की स्थापना हुई और वहीं से पहले जमींदार वर्ग उत्पन्न हुआ। इसी प्रकार बंगाल तथा बम्बई में सबसे पहले बड़े उद्योगों की स्थापना की गयी और वहाँ पर उद्योगपतियों और श्रमिकों के वर्गों का निर्माण हुआ, अन्त में जब सम्पूर्ण देश में अंग्रेज़ी शासन की स्थापना हुई तो सब जगह राष्ट्रीय स्तर पर नये सामाजिक वर्ग दिखलाई पड़ने लगे। इन नये वर्गों के निर्माण में पूर्व ब्रिटिश सामाजिक व आर्थिक संरचना का महत्त्वपूर्ण योगदान था। उदाहरण के लिए अंग्रेज़ों के आने से पहले बनियों में व्यापार और उद्योग अधिक था और अंग्रेज़ी शासनकाल में भी इन्हीं लोगों ने सबसे पहले पूँजीपति वर्ग का निर्माण किया। हिन्दुओं की तुलना में मुस्लिम जनसंख्या में शिक्षा का प्रसार कम होने के कारण उनमें बुद्धिजीवी, मध्यमवर्ग और बुर्जुआ वर्ग हिन्दू समुदायों की तुलना में बहुत बाद में दिखलाई दिये। इस प्रकार अंग्रेज़ी शासनकाल में जमींदार वर्ग, भूमि जोतने वाले, भूस्वामी वर्ग, कृषिश्रमिक, व्यापारी वर्ग, साहूकार वर्ग, पूँजीपति वर्ग, मध्यम वर्ग, छोटे व्यापारी और दुकानदार वर्ग, डॉक्टर, वकील, प्रोफेसर, मैनेजर, क्लर्क, आदि व्यवसायी वर्ग और विभिन्न कारखानों और बगीचों में काम करनेवाले श्रमिक वर्ग का उदय हुआ। इनमें से अनेक वर्गों के हित परस्पर विरुद्ध थे और उन्होंने अपने-अपने हितों की रक्षा करने के लिए अनेक नवीन आंदोलन भी छेड़ें।

भारत में राष्ट्रवाद-उदय का कारण

भारत में राष्ट्रवादी विचारधारा का अंकुर, सत्रहवीं शताब्दी के मध्य से उगने लगा था और धीरे-धीरे विकसित होता रहा। अन्त में 1857 ई. में यह पूर्ण हो गया। अतः भारतीय राष्ट्रीय जागृति का काल उन्नीसवीं शताब्दी के मध्य को मानना उचित ही होगा। भारत में राष्ट्रवाद के जन्म के कारण जो राष्ट्रीय आन्दोलन प्रारम्भ हुआ वह विश्व में अपने आप में एक अनूठा आन्दोलन था।

भारत में राजनीतिक जागृति के साथ-साथ सामाजिक तथा धार्मिक जागृति का भी सूत्रपात हुआ। वास्तव में सामाजिक तथा धार्मिक जागृति के परिणामस्वरूप राजनीतिक जागृति का उदय हुआ। डॉ. जकारिया का मत है कि "भारत का पुनर्जागरण मुख्यतः आध्यात्मिक था। इसने राष्ट्र के राजनीतिक उद्धार के आन्दोलन का रूप धारण करने से बहुत पहले अनेक धार्मिक और सामाजिक सुधारों का सूत्रपात किया।" इस रूप में भारतीय राष्ट्रीय जागृति यूरोपीय देशों में हुई राष्ट्रीय जागृति से भिन्न है। भारत में राष्ट्रवादी विचारों के उदय और विनाश के निम्नलिखित कारण माने जाते हैं:-

समाजिक तथा धार्मिक आन्दोलन

भारत में राष्ट्रीय जागृति पैदा करने में 19 वीं शताब्दी में हुए सामाजिक तथा धार्मिक आन्दोलनों का बहुत बड़ा हाथ रहा है। देश की सामाजिक तथा धार्मिक परिस्थितियाँ दिन-प्रतिदिन बिगड़ती ही जा रही थीं और धर्म के नाम पर समाज में नये-नये अन्धविश्वास और कुप्रथाएँ पैदा हो रही थी। इन आन्दोलनों ने एक ओर धर्म तथा समाज में व्याप्त बुराइयों को दूर करने का प्रयास किया तो दूसरी ओर भारत में राष्ट्रीयता की पृष्ठभूमि तैयार करने में महत्त्वपूर्ण भूमिका निभाई। इस प्रकार के आन्दोलनों में ब्रह्म-समाज, आर्य-समाज, रामकृष्ण-मिशन एवं थियोसोफिकल सोसायटी आदि विशेषरूप से उल्लेखनीय हैं, जिसके प्रवर्तक क्रमशः राजा राममोहन राय, स्वामी दयानन्द, स्वामी विवेकानन्द, एवं श्रीमती एनी बेसेन्ट आदि थे। इन समाज सुधारकों ने भारतीयों में आत्मविश्वास जागृत किया तथा उन्हें भारतीय संस्कृति की गौरव गरिमा का ज्ञान कराया, उन्हें अपनी संस्कृति की श्रेष्ठता के बारे में निरन्तर बताया।

इन महान व्यक्तियों में राजा राम मोहन राय को भारतीय राष्ट्रीयता का अग्रदूत कहा जा सकता है। उन्होंने समाज तथा धर्म में व्याप्त बुराइयों को दूर करने हेतु अगस्त 1828 ई. में ब्रह्म-समाज की स्थापना की। राजा राम मोहन राय ने सती-प्रथा, छुआ-छूत जाति में भेदभाव एवं मूर्ति पूजा आदि बुराइयों को दूर करने का प्रयास किया। उनके प्रयासों के कारण आधुनिक भारत का निर्माण सम्भव हो सका। इसलिए उन्हें आधुनिक भारत का निर्माता कहा जाता है। डॉ. आर. सी. मजूमदार ने लिखा है कि-"राजा राम मोहन राय को बेकन तथा मार्टिन लूथर जैसे प्रसिद्ध समाज सुधारकों की श्रेणी में गिना जा सकता है।" ए.सी. सरकार तथा के.के. दत्त का मानना है कि-"राजा राम मोहन राय ने आधुनिक

भारतवर्ष में राजनीति जागृति एवं धर्म सुधार का आध्यात्मिक युग प्रारम्भ किया। वे एक युग प्रवर्तक सिद्ध हुए। इसलिए डॉ. जकारिया ने उन्हें सुधारकों का आध्यात्मिक पिता कहा है। बहुत से विद्वान उन्हें 'आधुनिक भारत का पिता' तथा 'नये युग का अग्रदूत' मानते हैं। राजा राममोहन राय ने भारतीयों के लिए राजनीतिक अधिकारों की माँग की। जिस पर 1823 ई. में प्रेस आर्डिनेन्स के द्वारा समाचार पत्रों पर प्रतिबन्ध लगा दिया गया। इस पर राजा राम मोहन राय ने इस आर्डिनेन्स का प्रबल विरोध किया और उसे रद्द करवाने का हर सम्भव प्रयास किया। इसके पश्चात् उन्होंने 'ज्यूरी एक्ट' नाम से एक आन्दोलन प्रारम्भ कर दिया। डॉ. आर0सी0 मजूमदार के शब्दों में "राजा राम मोहन राय" पहले भारतीय थे जिन्होंने अपने देशवासियों की कठिनाई तथा शिकायतों को ब्रिटिश सरकार के सम्मुख प्रस्तुत किया और भारतीयों को संगठित होकर राजनीतिक आन्दोलन चलाने का मार्ग दिखलाया। उन्हें आधुनिक आन्दोलन का अग्रदूत होने का भी श्रेय दिया जा सकता है।

राजा राममोहन राय के बाद स्वामी दयानन्द सरस्वती एक महान समाज सुधारक हुए। जिन्होंने 1875 ई. में बम्बई में 'आर्य समाज' की नींव रखी। आर्य समाज, एक साथ ही धार्मिक और राष्ट्रीय नवजागरण का आन्दोलन था । इसने भारत और हिन्दू जाति को नवजीवन प्रदान किया। स्वामी दयानन्द ने न केवल हिन्दूधर्म अपितु समाज में व्याप्त बुराइयों का भी समान रूप से विरोध किया। उन्होंने देशवासियों में राष्ट्रीय चेतना का सफल संचार भी किया। उन्होंने ईसाई धर्म की कमियों पर प्रकाश डाला और हिन्दू धर्म के महत्व का बखान कर भारतीयों का ध्यान अपनी सभ्यता व संस्कृति की ओर पुन: आकर्षित किया। उन्होंने वैदिक धर्म की श्रेष्ठता को फिर से स्थापित किया और यह बताया कि हमारी संस्कृति विश्व की प्राचीन एवं महत्त्वपूर्ण संस्कृति है। उनका मानना है कि "वेद ज्ञान के भण्डार हैं तथा संसार में प्राचीन और प्रमाणिक धर्म केवल सच्चा हिन्दू धर्म ही है, जिसके बल पर भारत विश्व में अपनी प्रतिष्ठा फिर से स्थापित कर विश्वगुरू बन सकता है।

स्वामी दयानन्द सरस्वती ने अपने ग्रन्थ 'सत्यार्थ प्रकाश' में निर्भीकतापूर्वक लिखा है-"विदेशी राज्य, चाहे वह कितना ही अच्छा क्यों न हो, स्वदेशी राज्य की तुलना में कभी भी अच्छा नहीं हो सकता ।"

एच. बी. शारदा ने लिखा है कि-"राजनीतिक स्वतन्त्रता की प्राप्ति स्वामी

दयानन्द का मुख्य उद्देश्य था। वे पहले व्यक्ति थे जिन्होंने 'स्वराज' शब्द का प्रयोग किया और अपने देशवासियों को विदेशी माल के प्रयोग के स्थान पर स्वदेशी माल के प्रयोग की प्रेरणा दी। उन्होंने सबसे पहले हिन्दी को राष्ट्रीय भाषा स्वीकार किया।"

श्रीमती एनी बेसेन्ट ने लिखा है- "स्वामी दयानन्द सरस्वती पहले व्यक्ति थे, जिन्होंने सबसे पहले यह नारा लगाया था कि- "भारत भारतीयों के लिए है।"

स्वामी विवेकानन्द ने यूरोप और अमेरिका में भारतीय संस्कृति का प्रचार किया। उन्होंने अंग्रेज़ों को यह बता दिया कि भारतीय संस्कृति, पश्चिमी संस्कृति से महान है और वे बहुत कुछ भारतीय संस्कृति से सीख सकते हैं। इस प्रकार उन्होंने भारत में सांस्कृतिक चेतना जागृत की तथा यहाँ के लोगों को सांस्कृतिक विजय प्राप्त करने की प्रेरणा दी। इस उद्देश्य की प्राप्ति के लिए भारत का स्वतन्त्र होना आवश्यक है। इस प्रकार उन्होंने भारतीयों की राजनीतिक स्वाधीनता का समर्थन किया जिससे राष्ट्रीय भावनाओं को असाधारण बल मिला। भगिनी निवेदिता के अनुसार 'स्वामी विवेकानन्द' भारत का नाम लेकर जीते थे। वे मातृभूमि के अनन्य भक्त थे और उन्होंने भारतीय युवकों को उसकी पूजा करना सिखाया।

थियोसोफिकल सोसाइटी की नेता श्रीमती एनी बेसेन्ट ने भारतीय राष्ट्रवाद के विकास में महत्त्वपूर्ण योगदान दिया। श्रीमती एनी बेसेन्ट एक विदेशी महिला थीं, जब उनके मुँह से भारतीयों ने हिन्दू धर्म की प्रशंसा सुनी तो वे अत्यधिक प्रभावित हुए बिना नहीं रह सके। जब उन्हें अपनी संस्कृति की श्रेष्ठता का ज्ञान हुआ तो उन्होंने अंग्रेज़ों के विरुद्ध स्वाधीनता की प्राप्ति हेतु आन्दोलन आरम्भ कर दिया।

सारांश यह है कि 19वीं शताब्दी के सुधारकों ने भारतीय जनता में राष्ट्रीय जागृति उत्पन्न की। उन्होंने ऐसा वातावरण तैयार किया जिसके कारण भारत स्वतन्त्रता के लक्ष्य को प्राप्त कर सका। ए0आर0देसाई ने इस सम्बन्ध में लिखा है कि-"ये आन्दोलन कम, अधिक मात्रा में व्यक्तिगत स्वतन्त्रता और सामाजिक समानता के लिए किया जा रहा संघर्ष ज्यादा था और इसका लक्ष्य केवल और केवल राष्ट्रवाद था।"

भारतीय अखबार और साहित्य

1707 ई. के बाद भारत में राजनीतिक एकता का लोप हो चुका था किन्तु अंग्रेज़ों के समय लगभग सम्पूर्ण भारत का प्रशासन एक केन्द्रीय सत्ता के अधीन आ गया था। समस्त साम्राज्य में एक जैसे कानून एवं नियम लागू किए गए। समस्त भारत पर ब्रिटिश सरकार का शासन होने से 'भारत' एकता के सूत्र में बँध गया। इस प्रकार देश में राजनीतिक एकता स्थापित हुई। यातायात के साधनों तथा अंग्रेज़ी शिक्षा ने इस एकता की नींव को और अधिक ठोस बना दिया जिससे राष्ट्रीय आन्दोलन को बल मिला। इस प्रकार राजनीतिक दृष्टि से भारत एकरूप हो गया। डॉ. के0वी0 पुन्निया के शब्दों में-"हिमालय से कन्याकुमारी तक सम्पूर्ण भारत एक सरकार के अधीन था और इसने जनता में राजनीतिक एकता को जन्म दिया।"

ऐतिहासिक भाषाओं, पुरातत्वों का अनुसंधान

विदेशी विद्वानों की खोजों ने भी भारतीयों की राष्ट्रीय भावनाओं को बल प्रदान किया। सर विलियम जोन्स, मैक्समूलर, जैकोवी कोल ब्रुक, ए॰वी॰ कीथ, बुनर्फ आदि विदेशी विद्वानों ने भारत की संस्कृत भाषा में लिपिबद्ध ऐतिहासिक ग्रन्थों का अध्ययन किया और उनका अंग्रेज़ी भाषा में अनुवाद किया। अंग्रेज़ों द्वारा संस्कृत साहित्य को प्रोत्साहन देने से संस्कृत भाषा का पुनरुद्धार हुआ। इसके अतिरिक्त, पाश्चात्य विद्वानों ने भारतीय ग्रन्थों का अनुवाद करने के पश्चात् यह बताया कि ये ग्रन्थ मानव-सभ्यता की अमूल्य निधियाँ हैं। पश्चिमी विद्वानों ने प्राचीन भारतीय कलाकृतियों की खोज करने के पश्चात् यह मत व्यक्त किया है कि 'भारत की सभ्यता और संस्कृति' विश्व की प्राचीन और श्रेष्ठ संस्कृति है। इससे विश्व के सम्मुख प्राचीन भारतीय गौरव उपस्थित हुआ। जब भारतीयों को यह पता चला कि पश्चिम के विद्वान भारतीय संस्कृति को इतना श्रेष्ठ बताते हैं, तो उनके मन में आत्महीनता के स्थान पर आत्मविश्वास की भावनाएँ जागृत हुईं, और उन्होंने उसकी श्रेष्ठता स्थापित करने का प्रयत्न किया। राजा राममोहन राय, स्वामी दयानन्द सरस्वती तथा स्वामी विवेकानन्द ने भी भारतीयों को उनकी संस्कृति की महानता के ज्ञान से अवगत कराया।

इन अनुसंधानों ने भारतीयों के मन में एक नया ज्ञान और उत्साह जागृत किया। इससे उनके मन में यह प्रश्न उत्पन्न हुआ कि फिर हम पराधीन क्यों हैं? डॉ. आर० सी० मजूमदार के कथनानुसार-"यह खोज भारतीयों के मन में चेतना उत्पन्न करने में असफल नहीं हो सकती थी, जिसके परिणामस्वरूप उनके हृदय राष्ट्रीयता की भावना व देशभक्ति से भर गए।" श्री के एम पाणिक्कर लिखते हैं कि-"इन ऐतिहासिक अनुसंधानों ने भारतीयों में आत्मविश्वास जागृत किया और उन्हें अपनी सभ्यता और संस्कृति पर गर्व करना सिखलाया। इन खोजों से अपने भविष्य के सम्बन्ध में भारतीय आशावादी बन गए।"

पश्चिमी शिक्षा का प्रभाव

भारतीय राष्ट्रीयधारा में पश्चिमी शिक्षा ने सराहनीय योगदान दिया। 1825 ई. में लार्ड मैकाले के सुझाव पर भारत में शिक्षा का माध्यम अंग्रेज़ी भाषा को निश्चित किया गया। इसका मुख्य उद्देश्य भारत की राष्ट्रीय चेतना को जड़ से नष्ट करना था। रजनी पाम दत्त ने सही लिखा है-"भारत में ब्रिटिश शासन द्वारा पाश्चात्य शिक्षा प्रारम्भ किए जाने का उद्देश्य यह था कि भारतीय सभ्यता और संस्कृति का पूर्णरूप से लोप हो जाए और एक ऐसे वर्ग का निर्माण हो जो रक्त और वर्ण से तो भारतीय हों, किन्तु रुचि, विचार, शब्द और बुद्धि से अंग्रेज़ हो जायें।" इस उद्देश्य में अंग्रेज़ों को काफी हद तक सफलता भी प्राप्त हुई, क्योंकि शिक्षित भारतीय लोग अपनी संस्कृति को भूलकर पाश्चात्य संस्कृति का गुणगान करने लगे। परन्तु पाश्चात्य शिक्षा से भारत को हानि की अपेक्षा लाभ अधिक हुआ। इससे भारत में राष्ट्रीय चेतना जागृत हुई। अतः इस दृष्टि से पाश्चात्य शिक्षा भारत के लिए एक वरदान ही सिद्ध हुई।

अंग्रेज़ी भाषा के ज्ञान के कारण भारतीय विद्वानों ने पश्चिमी देशों के साहित्य का अध्ययन किया। जब उन्हें मिल्टन, बर्क, हरबर्ट स्पेन्सर, जॉन स्टुअर्ड मिल आदि विचारकों की कृतियों का ज्ञान प्राप्त हुआ, तो उनमें स्वतन्त्रता की भावना जागृत हुई। भारतीयों पर पश्चिमी शिक्षा के प्रभाव का वर्णन करते हुए ए.आर० देसाई लिखते हैं कि-"शिक्षित भारतीयों ने अमेरिका, इटली और आयरलैण्ड के स्वतन्त्रता संग्रामों के सम्बन्ध में पढ़ा। उन्होंने ऐसे लेखकों की रचनाओं का अनुशीलन किया, जिन्होंने व्यक्तिगत और राष्ट्रीय स्वाधीनता के सिद्धान्तों का प्रचार किया है। ये शिक्षित भारतीय, भारत के राष्ट्रीय आन्दोलन के राजनीतिक और बौद्धिक नेता हो गए।" इस सम्बन्ध में यह स्मरणीय है कि राजा राम मोहन

राय, दादा भाई नौरोजी, फिरोज शाह मेहता, गोपाल कृष्ण गोखले, उमेश चन्द्र बनर्जी आदि नेता अंग्रेज़ी शिक्षा की ही देन हैं। अंग्रेज़ी शिक्षा के कारण भारतीय नेताओं के दृष्टिकोण का विकास हुआ। उच्च शिक्षा प्राप्त करने के लिए अनेक भारतीय इंग्लैण्ड गये और वहाँ के स्वतन्त्र वातावरण से बहुत प्रभावित हुए। भारत आने के पश्चात् उन्होंने राष्ट्रीय आन्दोलन को प्रोत्साहन दिया क्योंकि वे यूरोपीय देशों की भाँति अपने देश में भी स्वतन्त्रता चाहते थे। श्री गुरमुख निहाल सिंह लिखते हैं कि-"इग्लैण्ड में रहने से उन्हें स्वतन्त्र राजनीतिक संस्थाओं की कार्यविधि का विशिष्ट ज्ञान प्राप्त हो जाता था, वे स्वतन्त्रता और स्वाधीनता का मूल्य समझ जाते थे तथा उनके मन में जमी हुई दासता की मनोवृत्ति घर कर जाती थी।"

अंग्रेज़ी भाषा लागू होने से जो पूर्व भारत के विभिन्न प्रान्तों में भिन्न-भिन्न भाषाएँ बोली जाती थीं और इसलिए वे एक-दूसरे के विचारों को नहीं समझ सकते थे और जिसके लिये सम्पूर्ण भारत में एक सम्पर्क भाषा की अत्यंत आवश्यकता थी, जिसे अंग्रेज़ सरकार ने अंग्रेज़ी भाषा लागू कर पूरा कर दिया। अब विभिन्न प्रान्तों के निवासी आपस में विचार विनियम करने लगे और इस समरसता ने उन्हें राष्ट्र के लिए मिलकर कार्य करने की प्रेरणा दी। परिणामस्वरूप राष्ट्रीय आन्दोलन को बल मिला। सर हेनरी काटन के अनुसार-"अंग्रेज़ी माध्यम से और पाश्चात्य सभ्यता के ढंग पर शिक्षा ने ही भारतीय लोगों की विभिन्नताओं के होते हुए भी एकता के सूत्र में आबद्ध करने का कार्य किया। एकता पैदा करनेवाला अन्य कोई तत्व सम्भव नहीं था, क्योंकि बोली का भ्रम एक अविच्छिन्न बाधा थी।" श्री के. एम. पणिक्कर लिखते हैं-"सारे देश की शिक्षा पद्धति और शिक्षा का माध्यम एक होने से भारतीयों की मनोदशा पर ऐसा प्रभाव पड़ा कि उनके विचारों, भावनाओं और अनुभूतियों की एकरसता होनी कठिन न रही। परिणामस्वरूप भारतीय राष्ट्रीयता की भावना दिन प्रतिदिन प्रबल होती गयी।"

सारांश यह है कि 'पाश्चात्य शिक्षा' भारत के लिए वरदान सिद्ध हुई। डॉ. जकारिया ने ठीक ही लिखा है,-"अंग्रेज़ों ने 125 वर्ष पूर्व भारत में शिक्षा का जो कार्य आरम्भ किया था, उससे अधिक हितकर और कोई कार्य उन्होंने भारतवर्ष में नहीं किया है।" इसलिए प्रायः यह कहा जाता है कि भारतीय राष्ट्रीयता की भावना पश्चिमी शिक्षा का पोषण शिशु था।

इस प्रकार पश्चिमी शिक्षा ने भारतीय राष्ट्रीय चेतना में नवजीवन का संचार किया। लार्ड मैकाले ने 1833 ई. में कहा-"अंग्रेज़ी इतिहास में वह गर्व का दिन होगा जब पाश्चात्य ज्ञान से शिक्षित भारतीय पाश्चात्य संस्थाओं की माँग करेंगे।"

　　　　　　　　　　　　　　　　　　　　　　　　

उसका यह स्वप्न इतनी जल्दी साकार हो जाएगा इसकी कल्पना भी उसने कभी न की थी।

बंकिमचन्द्र चटर्जी ने 'वन्देमातरम्' का मन्त्र दिया। मुनरो ने लिखा है-"एक स्वतन्त्र प्रेस और विदेशी राज एक-दूसरे के विरुद्ध हैं और ये दोनों एक साथ नहीं चल सकते।" भारतीय समाचार पत्रों पर यह बात खरी उतरती है। राष्ट्रीय आन्दोलन की प्रगति तथा विकास में भारतीय साहित्य तथा समाचार पत्रों का भी काफी हाथ था। इनके माध्यम से राष्ट्रवादी तत्त्वों को सत्ता प्रेरणा और प्रोत्साहन मिलता रहा। उन दिनों भारत में विभिन्न भाषाओं में समाचार पत्र प्रकाशित होते थे, जिनमें राजनीतिक अधिकारों की माँग की जाती थी। इसके अतिरिक्त उनमें ब्रिटिश सरकार की दमनकारी नीति की भी कड़ी आलोचना की जाती थी। उस समय प्रसिद्ध समाचार पत्रों में संवाद कौमुदी, बाम्बे समाचार (1882), बंगदूत (1831), गस्तगुफ्तार (1851), अमृतबाजार पत्रिका (1868), ट्रिब्यून (1877), इण्डियन मिरर, हिन्दू, पैट्रियाट, बंगलौर, सोमप्रकाश, कामरेड, न्यु इण्डियन केसरी, आर्य दर्शन एवं बन्धवा आदि के नाम विशेष रूप से उल्लेखनीय हैं। फिलिप्स के अनुसार, 1871 ई. में देशी भाषा में बम्बई प्रेसीडेन्सी और उत्तर-भारत में 62 तथा बंगाल और दक्षिण भारत में क्रमशः 28 और 20 समाचारपत्र प्रकाशित होते थे, जिनके नियमित पाठकों की संख्या एक लाख थी। 1877 ई. तक देश में प्रकाशित होने वाले समाचार पत्रों की संख्या 644 तक जा पहुँची थी, जिनमें अधिकतर देशी भाषाओं के थे। इन समाचार पत्रों में ब्रिटिश सरकार की अन्यायपूर्ण नीति की कड़ी आलोचना की जाती थी, ताकि जनसाधारण में ब्रिटिश शासन के प्रति घृणा एवं असंतोष की भावना उत्पन्न हो। इससे राष्ट्रीय आन्दोलन को बल मिलता था। इन पत्रों के बढ़ते हुए प्रभाव को रोकने के लिए ब्रिटिश सरकार ने 1878 ई. में 'वर्नाक्युलर प्रेस एक्ट' पास किया, जिसके द्वारा भारतीय समाचार पत्रों को बिल्कुल नष्ट कर दिया गया। इस एक्ट ने भी राष्ट्रीय आन्दोलन की लहर को तेज कर दिया।

भारतीय साहित्यकारों ने भी देश की भावना को जागृत करने में महत्त्वपूर्ण योगदान दिया। श्री बंकिमचन्द्र चटर्जी ने 'वन्देमातरम्' के रूप में देशवासियों को राष्ट्रीय-गान दिया। इनसे भारतीयों में देश-प्रेम की भावना जागृत हुई। मराठी साहित्य में शिवाजी का मुगलों के विरुद्ध संघर्ष विदेशी सत्ता के विरुद्ध संघर्ष बताया गया। श्री हेमचन्द्र बैनर्जी ने अपने राष्ट्रीय गीतों द्वारा स्वाधीनता

की भावना को प्रोत्साहन दिया। श्री बिपिन चन्द्र पाल लिखते हैं-"राष्ट्रीय प्रेम तथा जातीय स्वाभिमान को जागृत करने में श्री हेमचन्द्र द्वारा रचित कविताएँ अन्य कवियों की ऐसी कविताओं में कहीं अधिक प्रभावोत्पादक थी।" इसी प्रकार केशव चन्द्र सेन, रवीन्द्र नाथ टैगोर, आर सी दत्त, रानाडे, दादा भाई नौरोजी आदि ने अपने विद्वत्तापूर्ण साहित्य के माध्यम से भारत में राष्ट्रीय भावना को जागृत किया। इन्द्र विद्या वाचस्पति के अनुसार, इसी समय माइकल मधुसूदन दत्त ने बंगाल में, भारतेन्दु हरिश्चन्द्र ने हिन्दी में, नर्मद ने गुजराती में, चिपलुणकर ने मराठी में, भारती ने तमिल में तथा अन्य अनेक साहित्यकारों ने विभिन्न भाषाओं में राष्ट्रीयता की भावना से परिपूर्ण उत्कृष्ट साहित्य का सृजन किया। इन साहित्यिक कृतियों ने भारतवासियों के हृदय में सुधार एवं जागृति की अपूर्व उमंग उत्पन्न कर दी।

     चौरी चौरा काण्ड

भारत का आर्थिक एवं सामाजिक शोषण

मि. गैरेट के अनुसार-"राष्ट्रीयता में शिक्षित वर्ग का अनुराग हमेशा ही कुछ हद तक धार्मिक और कुछ हद तक आर्थिक कारणों से हुआ है।" भारतीय राष्ट्रीयता पर यह बात पूरी खरी उतरती है। ब्रिटिश सरकार की आर्थिक शोषण की नीति ने भारतीय उद्योगों को बिल्कुल नष्ट कर दिया था। यहाँ के व्यापार पर अंग्रेज़ों का पूर्ण अधिकार हो गया था। भारतीय वस्तुओं पर जो बाहर जाती थी, उसपर भारी कर लगा दिया गया और भारत में आने वाले माल पर ब्रिटिश सरकार ने आयात पर बहुत छूट दे दी। इसके अतिरिक्त अंग्रेज़ भारत से कच्चा माल ले जाते थे, इंग्लैण्ड से मशीनों द्वारा निर्मित माल भारत में भेजते थे, जो लघु एवं कुटीर उद्योग-धन्धों के निर्मित माल से बहुत सस्ता होता था। परिणामस्वरूप भारतीय बाजार यूरोपियन माल से भर गये एवं कुटीर उद्योग-धन्धों का पतन हो जाने से करोड़ों की संख्या में लोग बेरोजगार हो गए। भारत का धन विदेशों में जा रहा था, अतः भारत दिन-प्रतिदिन निर्धन होता गया। इसलिए 1880 ई. में सर विलियम डिग्वी ने लिखा था कि करीब दस करोड़ मनुष्य ब्रिटिश भारत में ऐसे हैं, जिन्हें किसी भी समय भरपेट अन्न नहीं मिलता, इस अधःपतन की दूसरी मिसाल इस समय किसी और उन्नतिशील देश में कहीं पर भी दिखाई नहीं दे सकती है। भारतीयों की आर्थिक दशा के बारे में आगिल के ड्यूक ने जो 1875-76 में भारत सचिव थे, लिखा है-"भारत की जनता में जितनी दरिद्रता है तथा उनके रहन-सहन का स्तर जिस तेजी से गिरता जा रहा है। इसका उदाहरण पश्चिमी जगत में कहीं नहीं मिलता है।"

उद्योगों एवं दस्तकारी के पतन के कारण इनमें कार्यरत व्यक्ति कृषि की ओर गये जिससे भूमि पर दबाव बहुत अधिक बढ़ गया। परन्तु सरकार ने कृषि के वैज्ञानिक ढंग की ओर कोई ध्यान नहीं दिया जिसके कारण किसानों की दशा इतनी खराब हो गयी कि ७५% व्यक्तियों को पेट भर खाना भी नसीब नहीं होता था। अचानक फूट पड़ने वाले अकालों ने उनकी स्थिति को और अधिक दयनीय बना दिया। विलियम हण्टर ने लिखा है-"ब्रिटिश साम्राज्य में रैयत ही सबसे अधिक दयनीय है, क्योंकि उनके मालिक ही उनके प्रति अन्यायी हैं।" फिशर के शब्दों में-"लाखों भारतीय आधा-पेट भोजन पर जीवन बसर कर

रहे हैं। भारतीयों के शोषण के बारे में डी. ई. वाचा ने लिखा है-"भारतीयों की आर्थिक स्थिति ब्रिटिश शासनकाल में अधिक बिगड़ी थी। चार करोड़ भारतीयों को केवल दिन में खाना खाकर संतुष्ट रहना पड़ता था। इसका एक मात्र कारण यह था कि इंग्लैण्ड भूखे किसानों से भी कर प्राप्त करता था तथा वहाँ पर अपना माल भेजकर लाभ कमाता था। सारांश यह है कि अंग्रेज़ों के आर्थिक शोषण के विरुद्ध भारतीय जनता में असंतोष था। वह इस शोषण से मुक्त होना चाहती थी। इसलिए भारतीयों ने राष्ट्रीय आन्दोलन में सक्रिय रूप से भाग लेना प्रारम्भ कर दिया। गुरमुख निहाल सिंह के शब्दों में- "इस तथ्य को अस्वीकृत नहीं किया जा सकता कि बिगड़ती आर्थिक दशा तथा सरकार की राष्ट्रविरोधी आर्थिक नीति का, अंग्रेज़-विरोधी विचारधारा तथा राष्ट्रीय भावना को जगाने में काफी योगदान रहा।"

जाति विभेद नीति

1857 ई. के विद्रोह के बाद ब्रिटिश शासकों ने जाति विभेद की नीति अपनाई। इस नीति के अनुसार वे भारतीयों को घृणा की दृष्टि से देखने लगे। गुरूमुख निहाल सिंह के अनुसार-"विद्रोह के बाद भारत में आनेवाले अंग्रेज़ों के मस्तिष्क में भारतीयों के बारे में विभिन्न धारणाएँ होती थीं। वे मंच के तत्कालीन दास्यचित्रों के अनुसार भारतीयों को ऐसा जन्तु समझते थे जो आधा वनमानुष और आधा नीग्रो था, जिसे केवल भय द्वारा ही समझाया जा सकता था और जिसके लिए जरनल नील तथा उसके साथियों का घृणा और आतंक का व्यवहार ही उपयुक्त था।"

1857 के विद्रोह के बाद अंग्रेज़ों ने सम्पर्क कम कर दिया। उनके निवास स्थान भारतीयों के निवास स्थान से बिल्कुल अलग थे। वे भारतीयों को काले लोग कहकर घृणा करते थे। होटल, क्लब, पार्क आदि स्थानों पर अंग्रेज़ भारतीयों के साथ दुर्व्यवहार करते थे। इस कारण अंग्रेज़ों ने रंग-भेद की नीति के आधार पर भारतीयों पर अनेक अत्याचार किए। गैरेट ने इस सम्बन्ध में लिखा है-"यूरोपियन्स की जाति विभेद नीति, तीन महत्त्वपूर्ण सिद्धान्तों पर आधारित थी। प्रथम-एक यूरोपियन का जीवन अनेक भारतीयों के बराबर है, द्वितीय-भारतीय केवल भय एवं दण्ड की भाषा को ही समझ सकते हैं एवं तृतीय-यूरोपियन भारत में लोक हित के दृष्टिकोण से ही नहीं बल्कि निजी स्वार्थ सिद्धि हेतु आए थे।"

  चौरी चौरा काण्ड

न्याय के मामले में भी जाति विभेद को स्थान दिया जाता था। एक ही अपराध के लिए भारतीयों व अंग्रेज़ों के लिए अलग-अलग दण्ड निर्धारित थे। अंग्रेज़ों ने अनेक भारतीयों की हत्याएँ कर डाली, किन्तु उन्हें कोई दण्ड नहीं दिया गया। इस सम्बन्ध में मॉरीसन ने लिखा है-"यह एक महासत्य है जिसे छिपाया नहीं जा सकता कि अंग्रेज़ों द्वारा भारतीयों की हत्या की जाने की घटना एक-दो नहीं है।" अमृत बाजार पत्रिका के एक अंक (11 अगस्त 1882) में तीन घटनाओं का जिक्र है, जिनमें हत्यारों को पूरी कानूनी सजा नहीं मिली। यूरोपियन मुकदमों में शहरों से ज्युरी बुलाए जाते थे। उनमें विजेता जाति का होने का अहंकार सबसे ज्यादा है, उनकी नैतिक भावना इस बात की अनुमति नहीं देती कि एक अंग्रेज़ को किसी भारतीय की हत्या के अपराध में अपनी जान देनी पड़े।

अंग्रेज़ों की इस जाति भेदभाव की नीति का भारतीयों पर बहुत बुरा प्रभाव पड़ा। अब उनके हृदय में ब्रिटिश शासन के प्रति विद्रोह की ज्वाला भड़क उठी। इस तथ्य से राष्ट्रीयता की भावना का तीव्र गति से संचार हुआ। गैरेट ने सही लिखा है-"भारतीय राष्ट्रीयता की बढ़ोत्तरी में उपरोक्त कटुता की भावना एक बहुत बड़ा कारण थी।"

सरकारी नौकरियों में भारतीयों के साथ पक्षपात

1833 ई. के चार्टर अधिनियम और 1858 ई. की महारानी विक्टोरिया की घोषणा में कहा गया था कि सरकारी नौकरियों में नियुक्ति केवल योग्यता के आधार पर ही की जाएगी। भारतीय तथा यूरोपियन्स के बीच किसी प्रकार का भेदभाव नहीं बरता जाएगा, लेकिन व्यवहार में इस नीति का पालन करने के स्थान पर इसे भंग ही कर दिया गया।

अंग्रेज़ी शिक्षा के कारण, वकील, डाक्टर और अध्यापक तथा नौकरी करने वालों का एक वर्ग उत्पन्न हुआ। 1857 के विद्रोह के बाद ब्रिटिश सरकार का भारतीयों पर से विश्वास समाप्त हो गया था। अतः वे पढ़े-लिखे भारतीयों को सरकारी नौकरी नहीं देना चाहते थे, इसलिए उनमें असंतोष बढ़ा। भारतीयों को उच्च पदों विशेष तथा 'भारत नागरिक सेवा' (ICS) से अलग रखने के लिए विधिवत् प्रयास किए गए। इस सेवा में प्रवेश की आयु 21 वर्ष थी। इसकी परीक्षा इंग्लैण्ड में अंग्रेज़ी भाषा में होती थी। किसी भी भारतीय द्वारा ऐसी परीक्षा को

पास करना अत्यन्त कठिन था। इसके बावजूद भी अगर कोई भारतीय सफल हो जाता था, तो उसे किसी न किसी बहाने से नौकरी में नहीं लिया जाता था। उदाहरणस्वरूप 1869 ई. में श्री सुरेन्द्र नाथ बैनर्जी ने ICS की परीक्षा पास कर ली परन्तु ब्रिटिश सरकार ने सेवा में प्रवेश करने के बाद भी मामूली-सी गलती पर उन्हें नौकरी से हटा दिया था। इसी प्रकार 1871 ई. में अरविन्द घोष ने इस परीक्षा को पास कर लिया। परन्तु उनकी नियुक्ति नहीं की गयी, क्योंकि वे घोड़े की सवारी में प्रवीण नहीं थे। ब्रिटिश अधिकारी भारतीयों को उच्च पदों से वंचित रखने के लिए नए-नए बहाने खोजते थे।

सन् 1871 ई. में ICS में प्रवेश की आयु 21 वर्ष से घटाकर 19 वर्ष कर दी गयी, ताकि भारतीय इस प्रतियोगिता में भाग न ले सकें। सुरेन्द्र नाथ बनर्जी ने ब्रिटिश अन्याय का विरोध करने के लिए 1876 ई. में 'इण्डियन एसोसिएशन' की स्थापना की, जिसे कांग्रेस की पूर्ववर्ती संस्था कहा जा सकता है। बनर्जी ने इस कार्य का विरोध करने के लिए एवं राष्ट्रीय जनमत को जागृत करने हेतु सम्पूर्ण देश का भ्रमण किया। इससे अंग्रेज़ विरोधी आन्दोलन को प्रोत्साहन मिला। श्री बनर्जी ने अपनी आत्मकथा में लिखा है कि-"मेरे मामलों ने भारतीयों के हृदय में भारी क्षोभ उत्पन्न कर दिया, उनमें यह विचार फैल गया कि यदि मैं भारतीय न होता तो मुझे इतनी कठिनाइयाँ नहीं उठानी पड़ती।"

भारत में यातायात एवं संचार व्यवस्था

यातायात तथा संचार के साधनों के विकास ने भी राष्ट्रीय आन्दोलन के विकास में महत्त्वपूर्ण योगदान दिया। ब्रिटिश सरकार ने देश में रेलों तथा सड़कों का जाल बिछा दिया। डाक, तार, टेलीफोन आदि की व्यवस्था हुई। इसके पीछे अंग्रेज़ सरकार का मुख्य उद्देश्य यह था कि विद्रोह को दबाने के लिए अंग्रेज़ी सेनाएँ शीघ्रता से भेजी जा सकेंगी, एवं दूर-दूर के प्रान्तों की सूचना शीघ्र प्राप्त हो जाएगी। इस विकास से भारतीयों को काफी लाभ हुआ। अब उनके लिए एक स्थान से दूसरे स्थान पर जाना सुलभ हो गया। देश के भिन्न-भिन्न भागों में रहने वाले लोगों के बीच दूरी कम हो गयी, वे एक दूसरे के निकट आने लगे। उनका आगामी सम्पर्क बढ़ा और दृष्टिकोण व्यापक हुआ। समाचार-पत्र देश के दूर-दूर के भागों में पहुँचने लगे। राष्ट्रवादियों का मिलना तथा पत्र-व्यवहार करना भी आसान हो गया। अब वे एक स्थान से दूसरे स्थान का भ्रमण कर आन्दोलन को और अधिक उग्र बनाने लगे, जिनसे जन-साधारण में जागृति आई। परिणामस्वरूप एकता की भावना अधिक प्रबल हो गयी और राष्ट्रीय आन्दोलन को बल प्राप्त हो गया। गुरूमुख निहाल सिंह के शब्दों में-"संचार के इन साधनों ने सारे देश को एक कर दिया और भौगोलिक एकता एक मूर्तरूप वास्तविकता में बदल गयी।"

भारत में विदेशी आन्दोलन का प्रभाव

डॉ. आर0 सी0 मजूमदार ने लिखा है कि 19वीं शताब्दी में यूरोप में जो स्वाधीनता संग्राम लड़े गए, उन्होंने भी भारतीय राष्ट्रीय आन्दोलन को काफी प्रभावित किया। फ्रांस की 1830 ई. एवं 1848 ई. की क्रान्ति ने भारतीयों में बलिदान की भावना जागृत की। इटली तथा यूनान की स्वाधीनता ने उनके उत्साह में असाधारण वृद्धि की। आयरलैण्ड भी अंग्रेज़ों की पराधीनता से मुक्त होने का प्रयास कर रहा था, इससे भी भारतीय जनता काफी प्रभावित हुई। इटली, जर्मनी, रूमानिया और सर्विया के राजनीतिक आन्दोलन, इंग्लैण्ड में सुधार कानूनों का पारित होना एवं अमेरिका का स्वतन्त्रता संग्राम आदि ने भी भारतीयों को उत्साहित किया तथा उनमें साहस पैदा किया। परिणामस्वरूप

वे स्वाधीनता प्राप्त करने के संघर्ष में जुट गए। सारांश यह है कि विदेशी आन्दोलनों ने भारतीयों में देशभक्ति और देश प्रेम की भावना को विकसित करने में महत्त्वपूर्ण योगदान दिया।

लार्ड लिटन की अन्याय पूर्ण नीति

लार्ड लिटन (1876 - 1880) की प्रतिक्रियावादी नीति के कारण राष्ट्रीय असंतोष आरम्भ हुआ। परिणामस्वरूप भारत में राष्ट्रीयता की भावना का जन्म हुआ। इस तथ्य की पुष्टि सुरेन्द्र नाथ बैनर्जी के इस कथन से होती है-"कभी-कभी बुरे शासक की राजनीतिक प्रगति भी विकास में सहायक सिद्ध होती है। लार्ड लिटन ने शिक्षित समुदाय में उस सीमा तक नये जीवन की लहर फूँक दी। जो कि कई वर्षों के आन्दोलन से सम्भव नहीं थी।" लार्ड लिटन ने भारत में निम्न अत्याचार किएः-

भारतीय लोकसेवा की आयु में कमी - 1876 ई. में ब्रिटिश सरकार ने इण्डियन सिविल सर्विस में सम्मिलित होने की आयु 21 वर्ष से घटाकर 19 वर्ष कर दी, ताकि भारतीय इस परीक्षा में सम्मिलित न हो सकें। इसके विरुद्ध भारतीयों में तीव्र गति से असंतोष फैला। सुरेन्द्र नाथ बैनर्जी ने 'इण्डियन एसोसिएशन' की स्थापना की, जिससे उसके विरुद्ध जोरदार आन्दोलन चला। अन्ततः सरकार को मजबूर होकर आयु सीमा पूर्ववत करनी पड़ी।

दक्षिण में अकाल और शाही दरबार

1877 में लार्ड लिटन ने जिस समय दिल्ली में एक विशाल दरबार का आयोजन किया, उस समय दक्षिण भारत में भयानक अकाल पड़ जाने से हजारों मनुष्य मौत के मुँह में जा रहे थे किन्तु लिटन ने इस ओर कोई ध्यान नहीं दिया। इसके विपरीत उसने महारानी विक्टोरिया के "भारत साम्राज्ञी की उपाधि" धारण करने के उपलक्ष्य में दिल्ली में एक शानदार दरबार का आयोजन किया। इस शान-शौक़त पर पानी की तरह पैसा बहाया गया। इस आयोजन ने भारतीयों में व्याप्त अंग्रेज़ी शासन के प्रति गहरे असंतोष को बढ़ाने में आग में पड़े घी जैसा काम किया। भारत के समाचार पत्रों में इसकी कटु-आलोचना की गयी। कलकत्ते के एक समाचार पत्र ने इस समारोह की आलोचना करते हुए यहाँ तक लिख दिया-"जब रोम जल रहा था, नीरो अपनी बाँसुरी बजा रहा था।" सुरेन्द्र

नाथ बैनर्जी ने एक प्रतिनिधि की हैसियत से इस समारोह में भाग लिया था। उसी समय उनके मस्तिष्क में यह भावना जागृत हुई-"यदि एक स्वेच्छाचारी वायसराय की प्रशंसा के लिए देश के राजा तथा अमीर-उमराओं को एकत्र किया जा सकता है, तो देशवासियों को न्यायसंगत ढंग से, स्वेच्छाचारिता को रोकने के लिए क्यों नहीं संगठित किया जा सकता।" इस समय भारतीय लोग अन्न के अभाव में मृत्यु के ग्रास बन रहे थे और ब्रिटिश सरकार ने भारत से 80 लाख पौण्ड गेहूँ इंग्लैण्ड को निर्यात किया। इससे अधिक वे भारतीयों की पीड़ा पहुँचाने के लिए और कर भी क्या सकते थे।

अफगानिस्तान पर आक्रमण : लॉर्ड लिटन ने साम्राज्यवादी नीति पर चलते हुए अफगानिस्तान पर आक्रमण कर दिया। इस युद्ध में ब्रिटिश साम्राज्य को कोई फायदा नहीं हुआ। इस युद्ध में दो करोड़ स्टर्लिंग व्यय हुआ जो भारत की निर्धन जनता से वसूल किया गया। भारतीयों में लिटन की इस नीति के विरुद्ध काफी असंतोष फैला।

शस्त्र अधिनियम (1878) : लॉर्ड लिटन ने 1878 ई. में एक शस्त्र अधिनियम (Arms Act) पारित किया, जिसके अनुसार भारतीयों को हथियार रखने के लिए लाइसेन्स रखना पड़ता था। परन्तु अंग्रेज़ों के लिए ऐसा कोई प्रतिबन्ध नहीं था। इस अधिनियम ने भारतीयों को अधिक उत्तेजित कर दिया।

वर्नाक्यूलर प्रेस एक्ट (1878 ई.) : लॉर्ड लिटन की अन्यायपूर्ण नीति का समाचार पत्रों ने कड़ा विरोध किया। इससे परेशान होकर उसने 1878 ई. में वर्नाक्यूलर प्रेस एक्ट पारित कर दिया, जिससे भारतीय भाषाओं के समाचार पत्रों पर कठोर नियन्त्रण स्थापित हो गया। दूसरे शब्दों में, इस अधिनियम ने समाचार पत्रों की स्वाधीनता को नष्ट कर दिया। अब किसी भी समाचार को प्रकाशित करने से पूर्व ब्रिटिश सरकार की स्वीकृति लेनी पडती थी। इस अधिनियम की इग्लैण्ड की संसद में भारी आलोचना हुई और भारत में भी सर्वत्र आलोचना हुई। बढ़ते हुए आन्दोलन से बाध्य होकर इस कानून को रद्द करना पड़ा।

आर्थिक नीति - लॉर्ड लिटन की आर्थिक नीति, असंतोष उत्पन्न करने वाली थी। उसने लंकाशायर के उद्योगपतियों को प्रसन्न एवं संतुष्ट करने के लिए विदेशी सूती कपड़े से आयात कर हटा दिया, जिससे भारतीय सूती वस्त्र उद्योग को बहुत हानि पहुँची। इससे भारत सरकार की आय के बहुत बड़े साधन का सफाया हो

गया और भारत में बेरोजगारी की समस्या उठ खड़ी हुई।

लॉर्ड लिटन के इन कार्यों के परिणामस्वरूप भारतीय जनता में ब्रिटिश शासन के प्रति असंतोष बहुत उग्र हो गया। सर विलियम बैडरबर्न ने ब्लंट से कहा था-"लॉर्ड लिटन के शासनकाल के अन्त में 'स्थिति', विद्रोह की सीमा तक पहुँच गयी थी।"

ईल्बर्ट बिल पर विवाद

1880 ई. में लॉर्ड लिटन के स्थान पर लॉर्ड रिपन गवर्नर जनरल बनकर आए। उन्होंने प्रशासन के विभिन्न क्षेत्रों में अनेक सुधार किए। इसके पश्चात् न्याय व्यवस्था में सुधार करने का निश्चय किया। इस समय न्याय के क्षेत्र में जाति विभेद विद्यमान था। भारतीय न्यायधीशों को यूरोपियन अपराधियों के अभियोग की सुनवाई का अधिकार प्राप्त नहीं था, जबकि अंग्रेज़ न्यायधीशों को यह अधिकार प्राप्त था। इसलिए रिपन ने अपनी कौंसिल के विधि सदस्य मि. सी0पी0 इल्बर्ट को इस सम्बन्ध में एक विशेष विधेयक प्रस्तुत करने को कहा। इस पर 1883 ई. में इल्बर्ट ने एक बिल पेश किया, इसे ईलबर्ट बिल कहते हैं। इसमें भारतीय मजिस्ट्रेटों को यूरोपियन्स के विरुद्ध अभियोग की सुनवाई करने और दण्डित करने सम्बन्धी अधिकार देने की व्यवस्था थी। लेकिन यह विधेयक एक भीषण विवाद का कारण बन गया।

भारत में रहने वाले अंग्रेज़ों ने इल्बर्ट विधयेक को अपना जातीय अपमान समझा। परिणामस्वरूप सम्पूर्ण भारत और इंग्लैण्ड में अंग्रेज़ों ने संगठित होकर इसका विरोध किया तथा इसके विरुद्ध आन्दोलन चलाया। उन्होंने कहा-"काले लोग गोरों को लम्बी-लम्बी सजाएँ देंगे तथा उनकी स्त्रियों को अपने घर में रखेंगे।" यूरोपियन्स ने इस विधेयक के खिलाफ संगठित रूप से आन्दोलन चलाने के लिए 'यूरोपियन रक्षा संघ' की स्थापना की और लगभग एक लाख पचास हजार रुपये चन्दा इकट्ठा किया। विधेयक की निन्दा करने हेतु विविध स्थानों पर सभाएँ आयोजित की गयीं। विधेयक का विरोध चरम सीमा पर पहुँच गया। सर हेनरी वाटन ने इस सम्बन्ध में लिखा है कि-"कलकत्ते के कुछ अंग्रेज़ों ने सरकारी भवन के सन्तरियों को वश में करके लॉर्ड रिपन को बाँध कर वापिस इंग्लैण्ड भेजने का षडयंत्र रचा और यह सब बंगाल के गवर्नर तथा पुलिस कमिश्नर की जानकारी में हुआ।" अंग्रेज़ों के संगठित आन्दोलन के समक्ष रिपन को झुकना पड़ा और

उसे इस विधेयक में संशोधन करना पड़ा। इसके अनुसार अब यह निश्चित किया गया कि भारतीय न्यायाधीश तथा सेशन जज यूरोपियन अधिकारियों के मुकद्दमों पर अपना निर्णय दे सकेंगे, किन्तु ये यूरोपियन अधिकारी अपने मुकद्दमों में ज्यूरी बैठाने की माँग कर सकेंगे। जिसमें कम से कम आधे सदस्य यूरोपियन होंगे। इस संशोधन से इस विधेयक की मूल भावना ही समाप्त हो गयी।

इस घटना ने भारतीय जनता को बहुत अधिक प्रभावित किया। सुरेन्द्रनाथ बैनर्जी के शब्दों में-"कोई भी स्वाभिमानी भारतीय अब आँख मूँदकर सुस्त नहीं बैठा रह सकता था। जो ईल्बर्ट विवाद के महत्त्व को समझते थे, उनके लिए यह देशभक्ति की महान पुकार थी।" वास्तव में ईल्बर्ट बिल के विरोधी आन्दोलन ने भारत को संगठित करने के लिए प्रेरित किया। सर हेनरी काटन के शब्दों में "इस विधेयक के विरोध में किए गये यूरोपियन आन्दोलन ने भारत की राष्ट्रीय विचारधारा को जितनी एकता प्रदान की उतनी तो विधेयक पारित होकर भी नहीं कर सकता था।" यूरोपियन्स के आन्दोलन से प्रभावित होकर भारतीयों ने भी राष्ट्रीय संस्था के गठन का निश्चय किया। परिणामस्वरूप कांग्रेस की स्थापना का मार्ग प्रशस्त हुआ। भारतीयों ने महसूस किया कि यदि हम भी अंग्रेज़ों की भाँति संगठित होकर ब्रिटिश सरकार का विरोध करें, तो हमें स्वाधीनता प्राप्त हो सकती है। इससे राष्ट्रीय आन्दोलन को बल मिला। श्री ए॰ सी॰ मजूमदार लिखते हैं-"इस आन्दोलन ने भारतीयों को यह भी अनुभव करा दिया कि यदि राजनीतिक प्रगति वांछनीय है, तो केवल एक राष्ट्रीय सभा द्वारा ही सम्भव है। इस सभा का सम्बन्ध विभिन्न प्रान्तों की स्वतन्त्र राजनीति से न होकर देश की एक व्यापक राजनीति से ही होना चाहिए।"

उपरोक्त सभी बिन्दुओं का मंथन करने से यह बात निकल कर आती है कि अंग्रेज़ अपनी थोपी गयी नीति के अनुसार भारतीयों को मात्र सेवक और श्रमिक ही बनाना चाहते थे, जो 'स्वाभिमानी भारतीयों' को कतई स्वीकार नहीं था।

भारतीय सेना का मद्रास रेजीमेण्ट-राष्ट्रवाद के जन्म के लिए कारणों का विश्लेषण करने से यह स्पष्ट हो जाता है कि भारत में इसका जन्म ब्रिटिश सरकार की नीतियों के परिणामस्वरूप हुआ। भारत में ब्रिटिश साम्राज्यवाद के दो विरोधी दृष्टिकोण सामने आते हैं- विकासवादी और प्रतिक्रियावादी। लेकिन इन दोनों ही स्वरूपों ने राष्ट्रवाद के जन्म में सहायता प्रदान की। जैसा कि उपर्युक्त वर्णन से स्पष्ट है ब्रिटिश शासन में ही भारत में राजनीतिक एकता स्थापित हुई, पाश्चात्य

शिक्षा का प्रसार हुआ और यातायात के साधनों का विकास हुआ। इनसे यदि एक ओर ब्रिटिश शासन को लाभ हुआ तो दूसरी ओर अप्रत्यक्ष रूप से राष्ट्रवाद के जन्म में भी योगदान मिला।

ब्रिटिश शासन के विकासशील स्वरूप ने यदि राष्ट्रवाद के जन्म के लिए अप्रत्यक्ष रूप से योगदान किया तो उसके प्रतिक्रियावादी स्वरूप ने इस प्रक्रिया को और भी तेज किया। ब्रिटिश शासन द्वारा भारत का आर्थिक शोषण, भारतीयों के साथ भेद-भाव, उन्हें सरकारी नौकरियों में स्थान न मिलना, प्रेस का गला घोटना, हथियार रखने या लेकर चलने पर रोक लगाना। साम्राज्यवाद के विस्तार के लिए युद्ध लड़ना जैसे कार्यों ने यह स्पष्ट कर दिया कि ब्रिटिश शासन भारत के हित में नहीं है। अधिकांश राष्ट्रीय नेताओं का मत था कि भारत की आर्थिक दुर्दशा का मूल कारण भारत में अंग्रेज़ी शासन है।

हिन्दू-मुस्लिम भाईचारा (लखनऊ समझौता)

सन् 1916 के लखनऊ समझौते को भारतीय स्वतंत्रता आंदोलन के युग के दौरान,"हिंदू-मुस्लिम एकता को प्राप्त करने के लिए एक महत्वपूर्ण कदम" के रूप में देखा गया था। मुहम्मद अली जिन्ना ने अपने राजनीतिक जीवन के शुरूआती वर्षों में हिंदू-मुस्लिम एकता की वकालत की। गोपाल कृष्ण गोखले ने कहा कि जिन्ना के पास "सही मायने में उपयुक्तता है, और उनके पास सभी संप्रदायवादी पूर्वाग्रह से 'मुक्ति' है जो उन्हें हिंदू-मुस्लिम एकता का सर्वश्रेष्ठ राजदूत बनायेगी।" देवबंद विद्यालय के मुस्लिम विद्वानों ने, जैसे कि कारी मुहम्मद तैयब और किफ़ायतुल्लाह दिहलवी ने, हिंदू-मुस्लिम एकता को चैंपियन बनाया और एकजुट भारत का आह्वान किया।

सन् 1857 में भारतीय स्वतंत्रता के पहले युद्ध (जिसे भारतीय विद्रोह भी कहा जाता है) में, भारत में हिंदू और मुस्लिम मिलकर अंग्रेज़ों से लड़ने के लिए एक हो गए। ब्रिटिशर्स भारतीय राष्ट्रवाद में इस वृद्धि के बारे में चिंतित हो गये और इसलिए उन्होंने हिंदुओं और मुसलमानों के बीच सांप्रदायिक भावनाओं को भड़काने की कोशिश की ताकि वे ब्रिटिशताज-शासन को उखाड़ फेंकने के लिए फिर से एकजुट न हों। उदाहरण के लिए, मोहम्मडन ऐंग्लो-ओरिएंटल कॉलेज के प्रिंसिपल थियोडोर बेक ने सैयद अहमद खान से कहा था कि मुसलमानों को भारतीय राष्ट्रीय कांग्रेस के उद्देश्यों के साथ कोई सहानुभूति नहीं होनी चाहिए और "ऐंग्लो-मुस्लिम एकता संभव थी, लेकिन हिंदू- मुस्लिम एकता असंभव थी।"

'समग्र राष्ट्रवाद और इस्लाम' के लेखक, मौलाना हुसैन अह्मद गदनी, एक देवबंदी मुस्लिम विद्वान और एक अखण्ड भारत के प्रस्तावक थे। उन्होंने यह तर्क दिया कि अंग्रेज़-"मुसलमानों को यह कल्पना करने में डराने का प्रयास कर रहे थे कि एक मुक्त समाज में 'मुस्लिम' अपनी अलग पहचान खो देंगे, और मूर्ख बन जायेंगे।" एक खतरा जो उद्देश्य मुसलमानों को अपवित्र करने और उन्हें स्वतंत्रता हेतु संघर्ष से दूर करने के लिए था मदनी की नजर में वह धीरे-धीरे हिन्दू-मुस्लिम एकता से समाप्त हो गया। दो-राष्ट्र सिद्धांत के समर्थन से ब्रिटिश

साम्राज्यवाद का अंत हुआ।

उसी पक्ष में, कश्मीरी भारतीय राजनेता और सुप्रीम कोर्ट के न्यायाधीश मार्कंडेय काटजू ने "द नेशन" में लिखा:

1857 तक, भारत में कोई सांप्रदायिक समस्या नहीं थी; सभी सांप्रदायिक दंगे और दुश्मनी 1857 के बाद शुरू हुई। 1857 से पहले भी कोई संदेह नहीं था, हिंदू और मुसलमानों के बीच मतभेद थे, मंदिरों में जाने वाले हिंदू और मस्जिदों में जाने वाले मुसलमान थे, लेकिन कोई दुश्मनी नहीं थी। वास्तव में, हिंदू और मुसलमान एक दूसरे की मदद करते थे; हिंदू ईद समारोह में भाग लेते थे, और मुस्लिम होली और दिवाली में। मुस्लिम शासक जैसे मुगलों, अवध के नवाब और मुर्शिदाबाद, टीपू सुल्तान, आदि धर्मनिरपेक्ष थे; उन्होंने रामलीलाओं का आयोजन किया, होली, दीवाली, आदि में भाग लिया, जो उनके हिंदू मिलों जैसे कि मुंशी शिव नारनम, हर गोपाल टोफ्टा, आदि के लिए ग़ालिब का स्नेह पत्र उस समय हिंदुओं और मुसलमानों के बीच स्नेह बढ़ाने का उपयुक्त स्नेहपत्र था। 1857 में, 'महान विद्रोह' शुरू हुआ जिसमें हिंदू और मुस्लिमों ने मिलकर अंग्रेज़ों के खिलाफ लड़ाई लड़ी। इसने ब्रिटिश सरकार को इतना झटका दिया कि मुट्ठी को दबाने के बाद, उन्होंने बी.एन0 पाण्डे द्वारा फूट डालो और शासन करो (साम्राज्यवाद की सेवा में इतिहास देखें) की नीति शुरू करने का फैसला किया।

लखनऊ समझौता (अंग्रेज़ी: Lucknow Pact, उर्दू: لکھنؤ کا معاہدہ — Lakhna'ū kā Mu'āhidah; उर्दू उच्चारण: [ləkʰnəˌu kaː mʊˈaːhɪɖa])यह दिसंबर 1916 में भारतीय राष्ट्रीय काँग्रेस और अखिल भारतीय मुस्लिम लीग द्वारा किया गया समझौता है, जो 29 दिसम्बर 1916 को लखनऊ अधिवेशन में भारतीय राष्ट्रीय काँग्रेस द्वारा और 31 दिसम्बर 1916 को अखिल भारतीय मुस्लिम लीग द्वारा पारित किया गया। (भारत ज्ञानकोश, खण्ड-5, प्रकाशक- पापुलर प्रकाशन मुंबई, पृष्ठ संख्या-146, आई एस बी एन 81-7154-993-4)

हिन्दू-भारतीय राजनीति में जिन्ना का उदय 1916 में कांग्रेस के एक नेता के रूप में हुआ था, जिन्होने हिन्दू-मुस्लिम एकता पर जोर देते हुए मुस्लिम लीग के साथ लखनऊ समझौता करवाया था। गौरतलब है कि 1910 ई. में वे बम्बई

के मुस्लिम निर्वाचन क्षेत्र से केन्द्रीय लेजिस्लेटिव कौंसिल के सदस्य चुने गए, वे 1913 ई. में मुस्लिम लीग में शामिल हुए और 1916 ई. में उसके अध्यक्ष हो गए। मोहम्मद अली जिन्ना ने अखिल भारतीय मुस्लिम लीग के अध्यक्ष की हैसियत से संवैधानिक सुधारों की संयुक्त कांग्रेस लीग योजना पेश की। इस योजना के अंतर्गत कांग्रेस लीग समझौते से मुसलमानों के लिए अलग निर्वाचन क्षेत्रों तथा जिन प्रान्तों में वे अल्पसंख्यक थे, वहाँ पर उन्हें अनुपात से अधिक प्रतिनिधित्व देने की व्यवस्था की गयी। इसी समझौते को 'लखनऊ समझौता' कहते हैं। (डॉ. मदनलाल वर्मा 'क्रान्त' स्वाधीनता संग्राम के क्रान्तिकारी साहित्य का इतिहास २००६ प्रवीण प्रकाशन नयी दिल्ली ISBN 81-7783-122-4 (Set) भाग ३ पृष्ठ ८३६ से ८३९ तक (पूरा दस्तावेज़)।

लखनऊ की बैठक में भारतीय राष्ट्रीय काँग्रेस के उदारवादी और अनुदारवादी गुटों का फिर से मेल हुआ। इस समझौते में भारत सरकार के ढांचे और हिन्दू तथा मुसलमान समुदायों के बीच सम्बन्धों के बारे में प्रावधान था। मोहम्मद अली जिन्ना और बाल गंगाधर तिलक इस समझौते के प्रमुख निर्माता थे। बाल गंगाधर तिलक को देश 'लखनऊ समझौता' और 'केसरी अखबार' के लिए याद करता है।("नया इण्डिया: बाल गंगाधर तिलक".मूल से 10 नवंबर 2014 को पुरालेखित।अभिगमन तिथि 3 अक्तूबर 2013.)।

स्वरूप

पहले के हिसाब से ये प्रस्ताव गोपाल कृष्ण गोखले एक राजनीतिक विधान से आगे बढ़ाने वाले थे। इनमें प्रावधान था कि प्रांतीय और केंद्रीय विधायिकाओं का तीन-चौथाई हिस्सा व्यापक मताधिकार के जरिये चुना जाये और केंद्रीय कार्यकारी परिषद के सदस्यों सहित कार्यकारी परिषदों के आधे सदस्य परिषदों द्वारा ही चुने गये भारतीय हों। केंद्रीय कार्यकारी के प्रावधान को छोंडकर ये प्रस्ताव आमतौर पर 1919 के भारत सरकार अधिनियम में शामिल थे। काँग्रेस प्रांतीय परिषद चुनाव में मुसलमानों के लिए अलग निर्वाचक मण्डल तथा पंजाब एवं बंगाल को छोड़कर, जहाँ उन्होंने हिन्दू और सिक्ख अल्पसंख्यकों को कुछ रियायतें दी, सभी प्रान्तों में उन्हें रियायत (जनसंख्या के अनुपात से ऊपर) देने पर भी सहमत हो गयी। यह समझौता कुछ इलाकों और विशेष समूहों को पसंद नहीं था, लेकिन इसने 1920 से महात्मा गाँधी के 'असहयोग आन्दोलन' एवं 'खिलाफत आन्दोलन' के लिए हिन्दू-मुस्लिम सहयोग का रास्ता साफ किया।

राजा महेन्द्र प्रताप भारतीय राष्ट्रीय कांग्रेस के समर्थक थे, परन्तु गाँधी जी के असहयोग आंदोलन का उन्होंने तीव्र विरोध किया और इसी प्रश्न पर कांग्रेस से वह अलग हो गए। इसके बाद से उनके ऊपर हिन्दू राज्य की स्थापना के भय का भूत सवार हो गया। उन्हें यह ग़लतफ़हमी हो गयी कि हिन्दू बाहुल्य हिंदुस्तान में मुसलमानों को उचित प्रतिनिधित्व कभी नहीं मिल सकेगा। सो वह एक नये राष्ट्र पाकिस्तान की स्थापना के घोर समर्थक और प्रचारक बन गए। उनका कहना था कि अंग्रेज़ लोग जब भी सत्ता का हस्तांतरण करें, उन्हें उसे हिन्दुओं के हाथ में न सौंपें, हालाँकि वह बहुमत में हैं। ऐसा करने से भारतीय मुसलमानों को हिन्दुओं की अधीनता में रहना पड़ेगा। जिन्ना अब भारतीयों की स्वतंत्रता के अधिकार के बजाय मुसलमानों के अधिकारों पर अधिक ज़ोर देने लगे। उन्हें अंग्रेज़ों का सामान्य कूटनीतिक समर्थन मिलता रहा और इसके फलस्वरूप वे अंत में भारतीय मुसलमानों के नेता के रूप में देश की राजनीति में उभरे। मोहम्मद अली जिन्ना ने लीग का पुनर्गठन किया और 'क़ाइदे-आज़म' (महान नेता) के रूप में विख्यात हुए। बाद में,1940 ई. में उन्होंने धार्मिक आधार पर भारत के विभाजन तथा मुस्लिम बहुसंख्यक प्रान्तों को मिलाकर पाकिस्तान बनाने की माँग की। बहुत कुछ उन्हीं वजह से 1947 ई. में भारत का विभाजन और पाकिस्तान की स्थापना हुई।("Interview with Vali Nasr"। मूल से 23 जनवरी 2008 को पुरालेखित। अभिगमन तिथि 3 अक्तूबर 2013.)।

"मुस्लिम एकता वाले ऐतिहासिक 'लखनऊ समझौते' को संविधान में मान लिया गया होता तो शायद न देश का बँटवारा होता और न ही जिन्ना की कोई गलत तस्वीर हमारे मन में होती।"

प्रणव मुखर्जी, भारत के राष्ट्रपति ("नवभारत टाइम्स, 14 अप्रैल 2005, शीर्षक: "लखनऊ समझौता मानते तो बँटवारा न होता"। मूल से 7 अक्तूबर 2013 को पुरालेखित।अभिगमन तिथि 3 अक्तूबर 2013.)

बिहार के बेतिया और मोतिहारी में उग्र विद्रोह हुआ। ब्लूम्सफिल्ड नामक अंग्रेज़ की हत्या कर दी गयी जो कारखाने का प्रबन्धक था। अन्ततः 1917-18 में गाँधीजी के नेतृत्व में चम्पारन सत्याग्रह हुआ जिसके फलस्वरूप 'तिनकठिया' प्रणाली द्वारा जबरन नील की खेती कराने की प्रथा समाप्त हुई। 'तिनकठिया' के अन्तर्गत किसानों को 3/20 (बीस कट्ठा में तीन कट्ठा) भूभाग पर नील की खेती करनी पड़ती थी जो जमींदारों द्वारा जबरदस्ती थोपी गयी थी।

चौरी चौरा काण्ड

नील विद्रोह (चंपारन विद्रोह)— सर्वप्रथम यह विद्रोह बंगाल 1859— 61 में शुरू हुआ था । पूर्व में भी इस विद्रोह को अंग्रेज़ों द्वारा कुचल दिया गया था। जब गाँधी जी ने चंपारन विद्रोह किया तो पाया कि वहाँ के किसानों को ब्रिटिश सरकार जबरन 15 प्रतिशत भूभाग पर नील की खेती करने के लिए बाध्य कर रही थी, तथा 20 में से 3 कट्टे किसानों द्वारा यूरोपियन निलहों को देना होता था जिसे आज हम तिनकठिया प्रथा के रूप में भी जानते हैं । भारतीय किसान, जिसकी दशा पहले से ही बहुत खराब थी, ऐसी विषम परिस्थितियों में ब्रिटिश सरकार की यह हुकूमत उनके लिए परेशानी का सबब बन गयी । जब 1917 में गाँधी जी इन विषम परिस्थितियों से अवगत हुए तो उन्होंने बिहार जाने का फैसला कर लिया । गाँधी जी मजरूल हक, नरहरि पारीख, राजेन्द्र प्रसाद एवं जे. बी. कृपलानी के साथ बिहार गये और ब्रिटिश हुकूमत के खिलाफ अपना पहला सत्याग्रह प्रदर्शित कर दिया । ब्रिटिश सरकार ने उनके खिलाफ उन्हें वहाँ से निकालने का फरमान जारी किया किन्तु गाँधी जी और उनके सहयोगी वहीं जुटे रहे और अन्तत: ब्रिटिश हुकूमत ने अपना आदेश वापिस लिया और गाँधी जी द्वारा निर्मित समिति से बात करने के लिए सहमत हो गयी । फलत: गाँधी जी ने बिहार (चंपारन) के किसानों की दयनीय परिस्थितियों से इस प्रकार शासन को अवगत करवाया कि वह मजबूरन इस प्रकार के कृत्य को रोकने के लिए मजबूर हो गये ।

यद्यपि भारत को मुक्त कराने के लिए सशस्त्र विद्रोह की एक अखण्ड परम्परा रही है। भारत में अंग्रेज़ी राज्य की स्थापना के साथ ही सशस्त्र विद्रोह का आरम्भ हो गया था। बंगाल में सैनिक-विद्रोह, चूआड़ विद्रोह, सन्यासी विद्रोह, संथाल विद्रोह अनेक सशस्त्र विद्रोहों की परिणति अट्ठारह सौ सत्तावन के विद्रोह के रूप में हुई। प्रथम स्वातन्त्र्य-संघर्ष के असफल हो जाने पर भी विद्रोह की अग्नि ठण्डी नहीं हुई। शीघ्र ही दस-पन्द्रह वर्षों के बाद पंजाब में कूका विद्रोह व महाराष्ट्र में वासुदेव बलवन्त फड़के के छापामार युद्ध शुरू हो गए। संयुक्त प्रान्त में पं० गेंदालाल दीक्षित ने शिवाजी समिति और मातृदेवी नामक संस्था की स्थापना की। बंगाल में क्रान्ति की अग्नि सतत जलती रही। सरदार अजीत सिंह ने सन् अट्ठारह सौ सत्तावन के स्वतंत्रता-आन्दोलन की पुनरावृत्ति के प्रयत्न शुरू कर दिए। रासबिहारी बोस और शचीन्द्रनाथ सान्याल ने बंगाल, बिहार, दिल्ली, राजपूताना, संयुक्त प्रान्त व पंजाब से लेकर पेशावर तक की सभी छावनियों में प्रवेश कर 1915 में पुनः विद्रोह की सारी तैयारी कर ली थी।

दुर्दैव से यह प्रयत्न भी असफल हो गया। इससे भी नए-नए क्रान्तिकारी उभरते रहे। राजा महेन्द्र प्रताप और उनके साथियों ने तो अफगान प्रदेश में अस्थायी व समान्तर सरकार स्थापित कर लिया था। सैन्य संगठन कर ब्रिटिश भारत से युद्ध भी किया। रासबिहारी बोस ने जापान में आज़ाद हिन्द फौज के लिए अनुकूल भूमिका बनाई।

मलाया व सिंगांपुर में आज़ाद हिन्द फौज संगठित हुई। सुभाषचन्द बोस ने इसी कार्य को आगे बढ़ाया। उन्होंने भारतभूमि पर अपना झण्डा गाड़ा। आज़ाद हिन्द फौज का भारत में भव्य स्वागत हुआ, उसने भारत की ब्रिटिश फौज की आँखें खोल दीं। भारतीयों का नाविक विद्रोह तो ब्रिटिश शासन पर अन्तिम प्रहार था। अंग्रेज़, मुट्ठी-भर गोरे सैनिकों के बल पर नहीं, बल्कि भारतीयों की फौज के बल पर शासन कर रहे थे। आरम्भिक सशस्त्र विद्रोह में क्रान्तिकारियों को भारतीय जनता की सहानुभूति प्राप्त नहीं थी। वे अपने संगठन व कार्यक्रम गुप्त रखते थे। अंग्रेज़ी शासन द्वारा शोषित जनता में उनका प्रचार नहीं था। अंग्रेज़ों के क्रूर व अत्याचारपूर्ण अमानवीय व्यवहार से ही उन्हें इसके विषय में जानकारी मिली। विशेषतः काकोरी काण्ड के अभियुक्त तथा भगतसिंह और उसके साथियों ने जनता का प्रेम व सहानुभूति अर्जित की। भगतसिंह ने अपना बलिदान क्रांति के उद्देश्य के प्रचार के लिए ही किया था। जनता में जागृति लाने का कार्य महात्मा गाँधी के चुम्बकीय व्यक्तित्व ने किया। बंगाल की सुप्रसिद्ध क्रांतिकारी श्रीमती कमला दास गुप्ता ने कहा कि "क्रांतिकारी की निधि थी 'कम व्यक्ति अधिकतम बलिदान', महात्मा गाँधी की निधि थी 'अधिकतम व्यक्ति न्यूनतम बलिदान'।"

स्वतन्त्रता संग्राम/जन-क्रान्ति के दूत

भारत की परतंत्रता का प्रारम्भ तो सिंध पर अरब देशों का आक्रमण होने से ही प्रारम्भ हो गया था। वास्तव में, हमें यह कहना चाहिए कि विगत लगभग ७०० वर्षों की गुलामी के उपरान्त ही भारतवासियों को स्वतंत्र जीवन जीने की उत्कंठा सबसे पहले वर्ष १८५७ में जागी। इस युग के समान अवधि में भारतीय सनातन धर्म और संस्कृति की कितनी क्षति हुई, कुछ भी कह पाना संभव नहीं है। बल्कि यह कहना ज्यादा आसान होगा कि हम भारतवासी विदेशियों की गुलामी करने/सहने को पूरी तरह से अभ्यस्त हो चुके थे जबकि राजा, रियासतदार, जमींदार और साहूकार भ्रमवश स्वयं को स्वतंत्र ही समझते रहे थे। इस स्वतंत्रता की भ्रामक स्थिति की विस्फोटक परिकल्पना को सबसे पहले सन् १८५७ में एक सिपाही आन्दोलन में 'स्वतन्त्रता संग्राम' का नाम दिया गया। पूर्व में सदियों की अपेक्षा जो अंग्रेज़ी शासनकाल में भारत की दुर्दशा हुई थी, उन घटनाओं को संज्ञान में लेते हुए सन् १८५७ में हुई घटनाओं का जो विकृत रूप अंग्रेज़ इतिहासकारों ने प्रस्तुत किया है, उसके प्रत्युत्तर में ब्रिटिश म्यूजियम व पुस्तकालय के तत्कालीन अभिलेखों की छानबीन के बाद युवा क्रांतिकारी वीर सावरकर ने अपने शोधग्रन्थ द्वारा यह प्रमाणित किया कि सन् १८५७ का विद्रोह मात्र 'एक सिपाही-बगावत' नहीं थी बल्कि स्वाधीनता के लिए लड़ी जाने वाली एक संघर्षपूर्ण सुनियोजित कार्यवाही थी।

सच कहें तो भारतीय स्वतन्त्रता संग्राम के अनेक पहलू हैं, पर यह अनेक घटनाओं और हुतात्माओं के बलिदानों से पटा पड़ा है। इसे किसी एक दृष्टांत से नहीं देखा जा सकता है। यद्यपि १८५७ के पूर्व भी किसानों, जन-जातियों आदि ने विदेशियों/सरकारी दमन और शोषण के विरुद्ध छोटे-छोटे विद्रोह किये किन्तु चतुर अंग्रेज़ी सरकार ने इन्हें बड़ी ही निरंकुशता से तत्काल दबा दिए थे। किन्तु इस असंतोष की चिंगारी सुप्त पड़ी राख में सुरक्षित और दबी रही, जो कि सन् १८५७ के ग़दर में ज्वाला बनकर भड़क उठी और पूरे भारत देश में इसकी ऊँची-ऊँची लपटें उठने लगीं।

ऐसे विद्रोहों को अंग्रेज़ों ने "पीजेंट और ट्राइबल रिवोल्ट" के नाम से

पुकारा । इन्हीं आन्दोलनों से प्रभावित होकर मद्रास के प्रेसीडेंसी में बेलोर के किले में भारतीय सिपाहियों ने अपने अधिकारियों के दुर्व्यवहार के विरुद्ध विद्रोह किया, जिसे बड़ी कठिनाई और चातुर्यपूर्ण ढंग से दबाया जा सका था । जैसे-जैसे स्वतन्त्रता का अर्थ राजाओं और रियासतदारों के समझ में आने लगा, उन्होंने भी अपनी-अपनी आहूतियाँ देना प्रारम्भ कर दिया । जिससे इस कार्य को एक नयी ऊर्जा और गति प्राप्त हुई । अब तक प्रत्येक समुदाय, धर्म और बौद्धिक वर्ग इस संगठन से जुड़ चुके थे,अत: इस भारतीय एकात्मता और अस्मिता की भावना से स्वतन्त्रता संग्राम की प्रक्रिया के युग में एक नया मोड़ आ गया । फलत: एक विचार प्रमुखता से समाज के सामने आकर खड़ा हो गया की-भारतीयता में जीवन के हर क्षेत्र का पुनर्निरीक्षण करके उन प्रत्येक कुरीतियों को दूर करना होगा जिससे एक भारतीय ही भारतीय का शोषण और दमन न कर सके । इस प्रयास से बहुमुखी धार्मिक, सामाजिक, साँस्कृतिक, शैक्षणिक, आर्थिक, आदि पक्षों की जाँच-पड़ताल इकाई स्तर पर होने लगी । इस आत्म-पुनर्निरीक्षण में समाज के दबे-कुचले, वंचित, पिछड़े, अन्त्यज और महिलाओं को संगठनात्मक रूप से जागरुक किया गया । अब सब एक साथ एक ही मंच पर मिलकर कार्य करने लगे थे, इससे इनके बीच आत्म-विश्वास के साथ ही दृढ़ता भी निखर कर सामने आने लगी और आन्दोलनों में तेजी आ गयी ।

सच यह भी है कि-सन् १८५७ की जन-क्रान्ति महज एक पानी का बुलबुला भर नहीं था और न ही अकस्मात् धधकी थी । वास्तव में, इस क्रान्ति का कारण अंग्रेज़ों के दमन से उपजा एक जन-आक्रोश था जो तात्कालिक नहीं बल्कि दमन और शोषण के विरुद्ध एक लम्बी प्रक्रिया का पूर्व निर्धारित परिणाम ही था । इस जन-क्रान्ति का उद्देश्य अंग्रेज़ी शासन को भारत से जड़-मूल समेत उखाड़ फेंकना था, जिसका सूत्र-पात एक शतक पूर्व बंगाल और बिहार के गाँवों से हो चुका था । हम सबका यह दुर्भाग्य है कि हम जन-क्रान्ति की भूमिका तैयार करने वाली उन अग्रदूतों, शक्तियों को नहीं जानते हैं और न ही कभी जानने का प्रयास ही करते हैं । हमारे देश में चाणक्य जैसे अनेक महान कूटनीतिज्ञ पैदा होते रहे हैं उनमें से ही एक महान व्यक्तित्व थे अजीमुल्ला खाँ, जिनका नाम शायद इतिहास के पन्नों से साजिशन गायब कर दिया गया है । अजीमुल्ला खाँ, नाना साहब के पेशवा के सलाहकार, मंत्री और दाहिने हाथ माने जाते थे । आप कई भाषाओं-अंग्रेज़ी, फ्रेंच, फारसी, हिंदी और संस्कृत के महान पण्डित थे । इनकी टक्कर का गुणी व्यक्ति, पूरे भारत देश में मिलना बहुत कठिन था । इनमें

   चौरी चौरा काण्ड

देशभक्ति की भावना और अंग्रेज़ी सरकार की दासता से मुक्ति का भाव उनके हृदय में समुद्र-लहरों की भाँति उच्छृंखल तरंग ज्वार बन उमड़ पड़ती थी। ऐसा भी कहा और सुना जाता है कि अजीमुल्ला खाँ बुद्धि और कलम के ही धनी नहीं थे बल्कि तलवारबाजी में भी निपुण थे। इनकी राजनीतिक और कूटनीतिक प्रतिभा तब सामने उभर कर आयी जब नाना साहब को मिलने वाली पेंशन, जो कि आठ लाख प्रति वर्ष थी जिसे अंग्रेज़ों ने बंद कर दिया। तब उसको पुनः प्राप्त करने की पैरवी हेतु नाना साहब ने उन्हें लन्दन भेजा। आपका व्यक्तित्व एक मृदुभाषी, कुशल वक्ता, बौद्धिकता में श्रेष्ठ और सुदर्शन होने के कारण लन्दन की कितनी ही लड़कियों का दिल उन पर मर मिटने को हमेशा तैयार रहता था। ऐसा भी कहा जाता है कि उन लड़कियों में से कुछ के प्रेम पत्र उनके पास भारत आने के बाद भी लगातार आते रहते थे। वास्तव में उनका लक्ष्य तो नाना साहब की रुकी पेंशन को चालू करवाना था, जिसकी निरंतरता कराने में उन्हें एड़ी-चोटी का जोर लगाना पड़ा किन्तु जब पेंशन चालू कराने की वकालत निष्क्रिय लगने लगी, तभी लन्दन में उनकी मुलाक़ात सतारा के पदच्युत राजा के वकील रंगोजी बापू से हुई जो उन्हीं की तरह सतारा के राजा का राजपाट वापस पाने के लिए विफल हो गये थे। जब दोनों ही व्यक्तियों को अपने-अपने अभीष्ट कार्यों में सफलता नहीं मिली तो इन दोनों ने मिलकर अंग्रेज़ी हुकूमत के खिलाफ विद्रोह की योजना को विकसित करके उसे देशव्यापी बनाने का सफल प्रयास किया। अब दोनों ही लन्दन से वापस भारत आ गये। भारत आकर दक्षिण में रंगोंजी बापू ने कमान संभाली तो उत्तर में अजीमुल्ला खाँ ने अंग्रेज़ों के विरुद्ध विद्रोह के मुख्य प्रचारक प्रसारक बने तथा सम्पूर्ण भारत के 'नाना साहब पेशवा' प्रमुख बने।

नाना साहब के साथ उन्होंने लखनऊ, कालपी, दिल्ली, झाँसी, अम्बाला और पटियाला आदि शहरों का दौरा किया और इस बीच जन-सामान्य के अंतर्गत में संघर्ष का बीजारोपण करते रहे। अजीमुल्ला खाँ ने 'पयामे-आजादी' नामक पत्र भी निकाला। इसकी सम्पादकीय टिप्पणी का एक दृष्टांत देखें- "हिन्द के बाशिंदों! हम अब तक धोखे में आते रहे हैं। अपनी ही गर्दन पर अपनी ही तलवार चलाते रहे । हमें मुल्क फरोशी के इस गुनाह का कफ्फारा करना होगा।" यह भी कहा जाता रहा है कि सारे भारत में एक ही दिन, एक ही समय पर विद्रोह करने की योजना अजीमुल्ला खाँ ने ही बनाई थी, जिसका मुजायरा हमें २१ मार्च १८५७ को मेरठ के प्रथम स्वतन्त्रता संग्राम की भड़की चिंगारी में देखने

को मिलता है, और इस स्वतन्त्रता संग्राम के यज्ञ में अंतिम और पूर्णाहुति के रूप में 'चौरी-चौरा जन-क्रान्ति' के रूप में सम्पन्न हुई, जिसके परिणामस्वरूप १५ अगस्त १९४७ का स्वर्णिम दिन हमारे हिस्से में आया।

रोलेट एक्ट और चौरी-चौरा काण्ड – सत्याग्रह का द्वंद्व-

भारतीय लोगों के आत्मसम्मान और आत्मनिर्भरता के सापेक्ष मोहनदास करमचन्द गाँधी ने रोलेट एक्ट के विरोध में शान्तिपूर्ण आन्दोलन चलाये जाने के लिए फरवरी १९१९ में 'सत्याग्रह लीग' की स्थापना की। १८ मार्च को उन्होंने सत्याग्रहियों के लिए जो प्रतिज्ञा-पत्र तैयार किया उसमें रौलेट एक्ट को न्याय और स्वाधीनता के सिद्धांतों का विघातक बताते हुए कहा कि-"मैं शपथपूर्वक प्रतिज्ञा करता हूँ कि यदि इन विधेयकों को कानून का रूप दिया गया तो जब तक उन्हें वापस न ले लिया जाएगा, तब तक मैं इस एक्ट तथा इसके अन्य कानून को भी, जिसे इसके बाद नियुक्त की जाने वाली, सत्याग्रह कमेटी उचित समझेगी तो मानने से नम्रतापूर्वक इन्कार कर दूँगा। मैं इस बात की प्रतिज्ञा करता हूँ कि इस युद्ध में ईमानदारी के साथ सत्य का अनुसरण करूँगा और किसी के भी जान-माल को हानि नहीं पहुँचाऊँगा।" इस शपथपत्र का उल्लेख श्री मुजफ्फर अहमद की पुस्तक 'आमार जीवन ओ भारतेर कम्युनिस्ट पार्टी' के पृष्ठ ४१२ पर किया गया है।

वास्तव में भारतीय क्रांतिकारियों का दमन करने के लिए इस 'रॉलेट एक्ट' को १० दिसंबर १९१७ को इंग्लैण्ड के हाईकोर्ट के जज रौलेट की अध्यक्षता में राजद्रोह (सेडीशन) कमेटी नियुक्त की गयी थी। इस कमेटी ने विभिन्न राज द्रोहात्मक कृत्यों की जाँच कर भारतमंत्री के पास १५ अप्रैल १९१८ को रिपोर्ट प्रस्तुत की। इस रिपोर्ट में राष्ट्रवादियों और राष्ट्रवादी क्रांतिकारियों के कार्यों को विस्तारित करते हुए कहा गया कि ये क्रांतिकारी लोग ब्रिटिश शासन के लिए खतरनाक हैं और इन्हें रोकने के लिए सुझाव प्रस्तावित किये गये उसे ही १८ मार्च १९१९ को कानून के रूप में पारित करते हुए 'रौलेट एक्ट' कहा गया।

इस काले कानून को पास करते हुए ब्रिटिश सरकार द्वारा यह स्पष्टीकरण दिया गया कि- इसका उद्देश्य राजनीतिक आन्दोलन को दबाना नहीं बल्कि आतंकवाद को रोकना है। किन्तु अंग्रेज़ों की मंशा और उनके कुकृत्यों को देखते हुए इसका विरोध करने वालों में प्रमुख रूप से पण्डित मदन मोहन मालवीय,

विट्ठल भाई पटेल, श्रीनिवास शास्त्री, मुहम्मद अली जिन्ना, मंज़ूरुल हक व सभी तरह के भारतीय नेता सम्मिलित रूप से एक मत थे।

महात्मा गाँधी जी ने अनुभव किया था कि ब्रिटिश सरकार के विरुद्ध होने वाले आन्दोलनो में प्रदर्शनकारी/क्रांतिकारियों के विरुद्ध द्वेष रखकर ही कानून बनाया गया था। इस कानून में निहित सजा का भारत देश में ही नहीं बल्कि सर्वत्र राष्ट्रों में भी विरोध हो रहा था; जिसे एक अंग्रेज़ मोंटेग्यू ने स्वयं स्वीकार किया है। महात्मा गाँधी ने अपनी दूरदृष्टि से आगामी संकट को पहचान कर दिन्शावाचा जी को अपनी चिंता से अवगत कराते हुए कहा था कि- "हमारी नयी पीढ़ी, स्वतन्त्रता की बढ़ती हुई खाईयों और दमन की नीति आदि से संतुष्ट नहीं होगी, जिनके लिए अंग्रेज़ों से द्वेषपूर्ण लक्ष्य को असफल करने के लिए सत्याग्रह ही एक मात्र रास्ता है। यही वह रास्ता है, जिसमें अपने नये खून को हिंसा के मार्ग पर बढ़ने से रोका जा सकता है।" उन्होंने संचार माध्यमों को अवगत कराने हेतु दिनांक ०१ मार्च १९१९ को एक पत्र लिखा, जो इस प्रकार से है-

"अब यह समझ लेना आसान होगा कि मैं इन बिलों को सरकार की प्रशासनिक व्यवस्था में गहराई तक घुली-मिली बीमारी का शुद्ध लक्षण मानता हूँ। इसलिए इसकी तीक्ष्णता व तत्परता से उपचार किया जाना जरूरी हो गया है। भूमिगत हिंसा जल्दबाजी में निर्णय लेने वाले गरम दिमाग के युवाओं द्वारा समस्या के हल के रूप में प्रयुक्त की जायेगी, जो इन बिलों को पेश किये जाने की परिस्थितियों तथा उसमें छिपी भावना से अपना धैर्य खो चुके होंगे। ये बिल राज्य के विरुद्ध घृणा, दुर्भावना व विद्वेष को बढ़ावा देंगे, जिसका प्रमाण हिंसा की बढ़ती हुई घटनाएँ हैं। सत्याग्रह की शपथ लेने वाले भारतीय किसी भी प्रकार के कष्ट को सहन करने की अपनी दृढ़ प्रतिज्ञा के कारण सरकार से इस बात की अपील करके ज्ञापन सौंप सकते हैं कि इसे ठुकराया न जा सके, क्योंकि हम भारतीय सरकार के प्रति कोई दुर्भावना या द्वेष नहीं रखते हैं। साथ ही साथ हिंसा को अपनी शिकायतों को सुलझाने का आसान और कुशल माध्यम मानने वालों को भी वे एक ऐसा उपाय/दृष्टिकोण सौंप सकते हैं जो कभी असफल नहीं हो सकता तथा अपने प्रयोगकर्ताओं का भी मंगल करता है।"

इस सत्याग्रह का प्रायोगिक तरीका और आह्वान पर राष्ट्रव्यापी अनपेक्षित जन-समर्थन प्राप्त होने के दो कारण थे- एक तो कमर तोड़ महँगाई के चलते स्वयं स्फूर्ति तरीके से विकसित होते श्रमिक आन्दोलन और दूसरा हिन्दू-मुस्लिम

एकता का सूत्रधार,१९१६ में लखनऊ समझौते के तहत कांग्रेस ने मुस्लिम लीग की सीटों पर धार्मिक आधार पर अलग-अलग चुनाव क्षेत्रों की माँग को स्वीकार कर लिया था तथा सीटों के बँटवारे पर भी सहमति बन चुकी थी। यह एकता इसलिए भी सुर्ख़ियों में आ गयी कि मुस्लिम नेता भी अंग्रेज़ों की नीति के पुरजोर विरोधी थे, और प्रत्येक आन्दोलन में बढ़ - चढ़ कर हिस्सा ले रहे थे। मुस्लिम नेताओं की चिंताएँ तथा कांग्रेस पार्टी के सत्याग्रह की घोषणा 'रौलेट एक्ट' के समय ही सामने आयी। फलत: पहली बार दोनों समुदायों के विचारों में राष्ट्रीय अस्मिता प्रमुख रूप से उभर कर सामने आयी थी, जिसके कारण ही दोनों समुदायों के राजनेताओं ने संयुक्त तत्वाधान में एक मंच से संघर्ष का बिगुल फूँक कर 'रौलेट एक्ट' का विरोध करने का आह्वान किया।

इस आन्दोलन में हिन्दू और मुस्लिम एकता ने अपना मजबूत स्तम्भ निर्मित किया। प्रत्येक वर्ग में बंधुत्व की भावना अपनी पराकाष्ठा तक पहुँच चुकी थी। अब ये दोनों समुदाय एक दूसरे के हाथों का भोजन-पानी भी ग्रहण कर लेने में अपना अहोभाग्य ही समझने लगे थे। यहाँ तक कि आन्दोलन के समय हिन्दू नेता को मस्जिद से और मुस्लिम नेता को मंदिर से भाषण देने की खुली छूट थी। जुलूसों में नारों के उद्बोधन को लाकर भी दोनों समुदायों में गजब का उत्साह देखने को मिलता था। इसी समय हमारे बीच,'सारे जहाँ से अच्छा हिन्दोस्तान हमारा' जैसे वन्दनीय गीत के रचयिता शायर इकबाल से परिचय हुआ। पंजाब में भी जो हिन्दू-मुस्लिम झगड़ों से बदनाम हुआ था, वहाँ भी दोनों समुदायों के बीच अभूतपूर्व सद्भावनाएँ देखने को मिलीं। इसका उदाहरण ९ अप्रैल को राम नवमी का जालियाँवाला बाग़ के प्रदर्शन से लिया जा सकता है।

गाँधी जी की पहल पर इन्डियन नेशनल कांग्रेस ने ३० मार्च १९१९ को सारे देश में 'रोलेट एक्ट' के विरुद्ध प्रतिवाद करने के लिए शांतिपूर्ण प्रदर्शन, एक दिन का उपवास, प्रार्थना करके अपना हृदय शुद्ध करने जैसा ही हड़ताल की घोषणा की। बाद में, इस तिथि को ३० मार्च से बढ़ाकर ६ अप्रैल १९१९ कर दिया गया किन्तु समय से सूचना प्रचारित/प्रसारित नहीं हो पाने के कारण उत्तर-पश्चिम भारत के दिल्ली, अमृतसर, लाहौर, मुल्तान, जालंधर, करनाल, अहमदाबाद आदि अनेक स्थानों में ३० मार्च को ही जुलूस निकले तथा प्रार्थना सभाएँ भी हुई, जिसके कारण उस दिन देश भर का कारोबार ठप्प हो गया, जिसमें कल-कारखाने, दूकानें, हाट, बाज़ार, स्कूल, कॉलेज आदि सभी संस्थान प्रभावित हुए।

जालियाँवाला बाग का हत्याकांड

भारत के पंजाब प्रान्त के अमृतसर में स्वर्ण मन्दिर के निकट जलियाँवाला बाग में १३ अप्रैल १९१९ (बैसाखी के दिन) को जनरल डायर द्वारा, शांतिपूर्ण प्रदर्शन के दौरान इकट्ठे, निहत्थे जन समुदाय पर गोलीबारी करते हुए एक प्रचण्ड क्रूरतापूर्ण नर संहार को अंजाम दिया गया("1919 Jallianwalla Bagh massacre" Discover Sikhism ।मूल से 28 अप्रैल 2016 को पुरालेखित,अभिगमन तिथि 7 June 2016)।

रौलेट एक्ट का विरोध करने के लिए एक सभा हो रही थी, जिसमें जनरल डायर नामक एक अँग्रेज ऑफिसर ने अकारण उस सभा में उपस्थित भीड़ पर गोलियाँ चलवा दीं। जिसमें 400 से अधिक व्यक्ति मरे [Nigel Collett (15 October 2006),The Butcher of Amritsar: General Reginald Dyer,A&C, Black पृ॰ 263.आई॰ऍस॰बी॰ऍन॰ 978-1-85285-575-8 । मूल से 23 अप्रैल 2017 को पुरालेखित ।अभिगमन तिथि 10 अगस्त 2018] और २००० से अधिक घायल हुए(Brian Lapping, End of Empire, p. 38, 1985 एवं Bipan Chandra etal, India's Struggle for Independence, Viking 1988, p. 166) । अमृतसर के डिप्टी कमिश्नर कार्यालय में 484 शहीदों की सूची है, जबकि जालियाँवाला बाग में कुल 388 शहीदों की सूची है। ब्रिटिश राज का अभिलेख इस घटना में 200 लोगों के घायल होने और 379 लोगों के शहीद होने की बात स्वीकार करता है जिनमें से 337 पुरुष, 41 नाबालिग लड़के और एक 6-सप्ताह का बच्चा था। अनाधिकारिक आँकड़ों के अनुसार 1000 से अधिक लोग मारे गये और 2000 रो अधिक घायल हुए।

यदि किसी एक घटना ने भारतीय स्वतंत्रता संग्राम पर सबसे अधिक प्रभाव डाला था तो वह घटना जालियाँवाला बाग़ के रूप में एक जघन्य हत्याकाण्ड ही था। माना जाता है कि यह घटना ही भारत में ब्रिटिश शासन के अंत की शुरूआत बनी। (Bipan Chandra etal, India's Struggle for Independence, Viking 1988, p.166 तथा Barbara D.

Metcalf and Thomas R.Metcalf (2006). A concise history of modern India.Cambridge University Press.मूल से 3 जुलाई 2017 को पुरालेखित। अभिगमन तिथि 10 अगस्त 2018,p.169)

१९९७ में महारानी एलिज़ाबेथ ने इस स्मारक पर मृतकों को श्रद्धांजलि दी थी। २०१३ में ब्रिटिश प्रधानमंत्री डेविड कैमरॉन भी इस स्मारक पर आए थे। विजिटर्स बुक में उन्होंनें लिखा कि "ब्रिटिश इतिहास की यह एक शर्मनाक घटना थी।" ("dw.de-जालियाँवाला बाग "शर्मनाक" घटना"। मूल से 12 जनवरी 2015 को पुरालेखित। अभिगमन तिथि 12 जनवरी 2015.)

ऐतिहासिक काला दिवस

13 अप्रैल 1919 को बैसाखी का दिन था। बैसाखी वैसे तो पूरे भारत का एक प्रमुख त्यौहार है परंतु विशेषकर पंजाब और हरियाणा के किसान सर्दियों में रबी की फसल काट लेने के बाद, नये साल की खुशियों के रूप में इसे मनाते हैं। इसी दिन, 13 अप्रैल 1699 को दसवें और अंतिम गुरू गोविंद सिंह ने खालसा पंथ की स्थापना की थी। इसलिए बैसाखी पंजाब और आसपास के प्रदेशों का सबसे बड़ा त्यौहार है और सिक्ख इसे सामूहिक जन्मदिवस के रूप में मनाते हैं। अमृतसर में उस दिन एक मेला सैकड़ों साल से लगता चला आ रहा था, जिसमें उस दिन भी हज़ारों लोग दूर-दूर से आए थे।

अंग्रेज़ों की मंशा

प्रथम विश्व युद्ध (1914-1918) में भारतीय नेताओं और जनता ने खुल कर ब्रिटिशों का साथ दिया था। 13 लाख भारतीय सैनिक और सेवक, यूरोप, अफ्रीका और मिडल ईस्ट में ब्रिटिशों की तरफ़ से तैनात किए गये थे जिनमें से 43,000 भारतीय सैनिक युद्ध में शहीद हुए थे। युद्ध समाप्त होने पर भारतीय नेता और जनता ब्रिटिश सरकार से सहयोग और नरमी के रवैये की आशा कर रही थी परंतु ब्रिटिश सरकार ने मॉण्टेग्यू-चेम्सफ़ोर्ड सुधार लागू कर दिए जो इस भावना के विपरीत थे।

लेकिन प्रथम विश्वयुद्ध के दौरान पंजाब के क्षेत्र में ब्रिटिशों का विरोध कुछ अधिक बढ़ गया था, जिसे भारत प्रतिरक्षा विधान (1915) लागू कर के कुचल दिया गया था। उसके बाद १९१८ में एक ब्रिटिश जज सिडनी रॉलेट की

अध्यक्षता में एक सेडिशन समिति नियुक्त की गयी थी। जिसकी ज़िम्मेदारी ये अध्ययन करना था कि भारत में, विशेषकर पंजाब और बंगाल में ब्रिटिशों का विरोध किन विदेशी शक्तियों की सहायता से हो रहा था। इस समिति के सुझावों के अनुसार, भारत प्रतिरक्षा विधान (1915) का विस्तार कर के भारत में रॉलट एक्ट लागू किया गया था, जो आज़ादी के लिए चल रहे आंदोलन पर रोक लगाने के लिए था, जिसके अंतर्गत ब्रिटिश सरकार को और अधिक अधिकार दिए गये थे। जिससे वह प्रेस पर सेंसरशिप लगा सकती थी, नेताओं को बिना मुकद्दमे के जेल में रख सकती थी, लोगों को बिना वॉरण्ट के गिरफ़्तार कर सकती थी, उन पर विशेष ट्रिब्यूनलों और बंद कमरों में बिना जवाबदेही दिए हुए ही मुकद्दमा चला सकती थी, आदि। इसके विरोध में पूरा भारत एक साथ उठ खड़ा हुआ और देश भर में लोग इसके समर्थन में अपनी गिरफ्तारियाँ दे रहे थे।

गाँधी इस समय तक दक्षिण अफ्रीका से भारत आ चुके थे और धीरे-धीरे उनकी लोकप्रियता बढ़ रही थी। उन्होंने रोलेट एक्ट का विरोध करने का आह्वान किया जिसे कुचलने के लिए ब्रिटिश सरकार ने और अधिक नेताओं और जनता को रोलेट एक्ट के अंतर्गत गिरफ़्तार कर लिया और कड़ी सजाएँ दीं। इससे जनता का आक्रोश बढ़ा और लोगों ने रेल और डाक-तार-संचार सेवाओं को बाधित किया। आंदोलन अप्रैल के पहले सप्ताह में अपने चरम पर पहुँच रहा था। लाहौर और अमृतसर की सड़कें लोगों से भरी रहती थीं। करीब 5,000 लोग जालियाँवाला बाग में इकट्ठे थे। ब्रिटिश सरकार के कई अधिकारियों को यह 1857 के गदर की पुनरावृत्ति जैसी परिस्थिति लग रही थी, जिसे न होने देने के लिए और कुचलने के लिए वो कुछ भी करने को तैयार थे।

अंग्रेज़ों के अत्याचार

आंदोलन के दो नेताओं सत्यपाल और सैफुद्दीन किचलू को गिरफ्तार कर कालापानी की सजा दे दी गयी। 10 अप्रैल 1919 को अमृतसर के उप कमिश्नर के घर पर इन दोनों नेताओं को रिहा करने की माँग पेश की गयी। परंतु ब्रिटिशों ने शांतिप्रिय और सभ्य तरीके से विरोध प्रकट कर रही जनता पर गोलियाँ चलवा दीं जिससे तनाव बहुत बढ़ गया और उस दिन कई बैंकों, सरकारी भवनों, टाउन हॉल, रेलवे स्टेशन में आगज़नी की गयी। इस प्रकार हुई हिंसा में 5 यूरोपीय नागरिकों की हत्या हुई। इसके विरोध में ब्रिटिश सिपाही भारतीय जनता पर जहाँ-तहाँ गोलियाँ चलाते रहे जिसमें 8 से 20 भारतीयों की मृत्यु हुई। अगले दो

दिनों में अमृतसर तो शान्त रहा पर हिंसा पंजाब के कई क्षेत्रों में फैल गयी और 3 अन्य यूरोपीय नागरिकों की हत्या हुई। इसे कुचलने के लिए ब्रिटिशों ने पंजाब के अधिकतर भाग पर मार्शल लॉ लागू कर दिया।

सन् 1919 में जालियाँवाला बाग का दृश्य

बैसाखी के दिन 13 अप्रैल 1919 को अमृतसर के जालियाँवाला बाग में एक सभा रखी गयी, जिसमें कुछ नेता भाषण देने वाले थे। शहर में कर्फ्यू लगा हुआ था, फिर भी इसमें सैंकड़ों लोग ऐसे भी थे, जो बैसाखी के मौके पर परिवार के साथ मेला देखने और शहर घूमने आए थे और सभा की खबर सुन कर वहाँ जा पहुँचे थे। जब नेता बाग में पड़ी रोड़ियों के ढेर पर खड़े हो कर भाषण दे रहे थे, तभी ब्रिगेडियर जनरल रेजीनॉल्ड डायर अपने 90 ब्रिटिश सैनिकों को लेकर वहाँ पहुँच गया। उन सब के हाथों में भरी हुई राइफलें थीं। नेताओं ने सैनिकों को देखा, तो उन्होंने वहाँ मौजूद लोगों से शांत बैठे रहने के लिए कहा। लेकिन जनरल डायर की मंशा तो कुछ और थी।

गोलीबारी

सैनिकों ने बाग को घेर कर बिना कोई चेतावनी दिए निहत्थे लोगों पर गोलियाँ चलानी शुरू कर दीं। १० मिनट में कुल 1650 राउंड गोलियाँ चलाई गयीं। जालियाँवाला बाग उस समय मकानों के पीछे पड़ा एक खाली मैदान था। वहाँ तक जाने या बाहर निकलने के लिए केवल एक संकरा रास्ता था और चारों ओर मकान थे। भागने का कोई रास्ता नहीं था। कुछ लोग जान बचाने के लिए मैदान में मौजूद एक मात्र कुँए में कूद गए, पर देखते ही देखते वह कुआँ भी लाशों से पट गया।

बाग में लगी पट्टिका पर लिखा है कि १२० शव तो सिर्फ कुएँ से ही मिले। शहर में कर्फ्यू लगा था जिससे घायलों को इलाज के लिए भी कहीं ले जाया नहीं जा सका। लोगों ने तड़प-तड़प कर वहीं दम तोड़ दिया। अमृतसर के डिप्टी कमिश्नर कार्यालय में 484 शहीदों की सूची है, जबकि जालियाँवाला बाग में कुल 388 शहीदों की सूची है। ब्रिटिश राज के अभिलेख इस घटना में 200 लोगों के घायल होने और 379 लोगों के शहीद होने की बात स्वीकार करते हैं, जिनमें से 337 पुरुष, 41 नाबालिग लड़के और एक 6-सप्ताह का बच्चा था।

अनाधिकारिक आँकड़ों के अनुसार 1000 से अधिक लोग मारे गये और 2000 से अधिक घायल हुए। आधिकारिक रूप से मरने वालों की संख्या ३७९ बताई गयी। जबकि पण्डित मदन मोहन मालवीय के अनुसार कम से कम १३०० लोग मारे गए। स्वामी श्रद्धानंद के अनुसार मरने वालों की संख्या १५०० से अधिक थी, जबकि अमृतसर के तत्कालीन सिविल सर्जन डॉक्टर स्मिथ के अनुसार मरने वालों की संख्या १८०० से अधिक थी।

मुख्यालय वापस पहुँच कर ब्रिगेडियर जनरल रेजीनॉल्ड डायर ने अपने वरिष्ठ अधिकारियों को टेलीग्राम किया कि उस पर भारतीयों की एक फ़ौज ने हमला किया था जिससे बचने के लिए उसको गोलियाँ चलानी पड़ी। ब्रिटिश लेफ्टिनेण्ट गवर्नर मायकल ओ डायर ने इसके उत्तर में ब्रिगेडियर जनरल रेजीनॉल्ड डायर को टेलीग्राम किया कि तुमने सही कदम उठाया। मैं तुम्हारे निर्णय को अनुमोदित करता हूँ। फिर ब्रिटिश लेफ्टिनेण्ट गवर्नर मायकल ओ डायर ने अमृतसर और अन्य क्षेत्रों में मार्शल लॉ लगाने की माँग की जिसे वायसरॉय लॉर्ड चेम्सफ़ोर्ड ने स्वीकृति दे दी।

इस हत्याकाण्ड की विश्वव्यापी निंदा हुई जिसके दबाव में भारत के लिए सेक्रेटरी ऑफ़ स्टेट एडविन मॉण्टेग्यू ने 1919 के अंत में इसकी जाँच के लिए 'हंटर कमीशन' नियुक्त किया। कमीशन के सामने ब्रिगेडियर जनरल रेजीनॉल्ड डायर ने स्वीकार किया कि वह गोली चला कर लोगों को मार देने का निर्णय पहले से ही ले कर वहाँ गया था और वह उन लोगों पर चलाने के लिए दो बख्तर बंद तोपें भी ले गया था जो कि उस सँकरे रास्ते से नहीं जा पाई थी। हंटर कमीशन की रिपोर्ट आने पर 1920 में ब्रिगेडियर जनरल रेजीनॉल्ड डायर को पदावनत कर के कर्नल बना दिया गया और अक्रिय सूची में रख दिया गया। उसे भारत में पोस्ट न देने का निर्णय लिया गया और उसे स्वास्थ्य कारणों से ब्रिटेन वापस भेज दिया गया। हाउस ऑफ़ कॉमन्स ने उसका निंदा प्रस्ताव पारित किया।परंतु हाउस ऑफ़ लॉर्ड ने इस हत्याकाण्ड की प्रशंसा करते हुये उसका प्रशस्ति प्रस्ताव पारित किया। विश्वव्यापी निंदा के दबाव में बाद को ब्रिटिश सरकार ने उसका निंदा प्रस्ताव पारित किया और 1920 में ब्रिगेडियर जनरल रेजीनॉल्ड डायर को इस्तीफ़ा देना पड़ा।

गुरूदेव रवीन्द्र नाथ टैगोर ने इस हत्याकाण्ड के विरोध-स्वरूप अंग्रेज़ों द्वारा प्रदत्त अपनी 'नाइटहुड' की उपाधि उन्हें वापस कर दिया था। आजादी के लिए लोगों का हौसला ऐसी भयावह घटना के बाद भी पस्त नहीं हुआ। बल्कि सच तो यह है कि इस घटना के बाद आजादी हासिल करने की चाहत लोगों में

और जोर-शोर से उफान मारने लगी। हालाँकि उन दिनों संचार और आपसी संवाद के वर्तमान साधनों की कल्पना भी नहीं की जा सकती थी, फिर भी यह खबर पूरे देश में आग की तरह फैल गयी। आजादी की चाह न केवल पंजाब, बल्कि पूरे देश के बच्चे-बच्चे के सिर पर चढ़ कर बोलने लगी। उस दौर के हजारों भारतीयों ने जालियाँवाला बाग की मिट्टी को माथे से लगाकर देश को आजाद कराने का दृढ़ संकल्प लिया। पंजाब तब तक मुख्य भारत से कुछ अलग चला करता था परंतु इस घटना से पंजाब पूरी तरह से भारतीय स्वतंत्रता आंदोलन में सम्मिलित हो गया। इसके फलस्वरूप गाँधी ने 1920 में असहयोग आंदोलन प्रारंभ किया।

जालियाँवाला बाग़ में कत्लेआम का समाचार पाकर ही दिनांक १४ अप्रैल १९१९ को एक आम हड़ताल हुई, बाद में इस जन संघर्ष ने उग्र रूप ले लिया। सामान्य भीड़ ने जनरल डायर की क्रूरता के विरोध में जन सभा के बाद जुलूस भी निकाला। जिसे रोकने में भीड़ ने रेलवे का पुल और थाने को आग के हवाले कर दिया तथा टेलीग्राम और टेलीफोन के तार भी काट दिए। यद्यपि कि अंग्रेज़ों द्वारा हिन्दू–मुस्लिम के बीच दंगा कराने का प्रयत्न किया गया लेकिन सफल नहीं हो सका। रेलवे लाइन के नुकसान को प्रमुखता से लेकर अंग्रेज़ों ने यह दमन का मामला हवाई फौजियों को सौंप दिया। अब हवाई हमले के लिए तीन लड़ाकू विमानों ने स्कूल और अस्पतालों पर भी बमबारी की।(दि हिन्दू १३ नवम्बर १९२८ में प्रकाशित तथा कान्टेपरेरी हिस्ट्री ऑफ इण्डिया के पृष्ठ-२०५)

आम भारतीय नागरिकों ने यह देखा और अनुभव भी किया कि हमारे देश के ही जमींदार और रियासत के राजा खुद अंग्रेज़ों की इस क्रूरता में सहयोग कर रहे थे। इसका एक बड़ा कारण था कि किसानों और व्यापारियों से लगान व कर की वसूली; जमींदार, रसूख और रियासत के कारिंदे लोग मनमाने ढंग से करते थे। फलत: अब यह आन्दोलन किसी पार्टी और समुदाय का न होकर वर्ग वार चलने लगा था। यह देख कर कांग्रेस पार्टी भी संशय और सकते में आ चुकी थी कि राष्ट्रीय आन्दोलन का संचालन कहीं उनके हाथों से निकल न जाए। यद्यपि खिलाफत के नेता लगातार काँग्रेस पर कोई निर्णायक आन्दोलन रचने के लिये दबाव बना रहे थे।

अंतत: महात्मा गाँधी जी ने फरवरी १९२० में उन्हें अहिंसक असहयोग आन्दोलन करने की स्वीकृति दिनांक ९ जून १९२० में दी। बाद में १ अगस्त को वाइसराय को पत्र भी लिखा लेकिन कोई आशातीत उत्तर न मिलने के कारण गाँधी जी असहयोग आन्दोलन के समर्थन और चन्दा वसूली के लिए देश भर के

 चौरी चौरा काण्ड

भ्रमण पर निकल पड़े। नागपुर के अधिवेशन में १४४८२ प्रतिनिधियों ने अपनी उपस्थिति दर्ज कराई। जिनके माध्यम से स्वतन्त्रता के लिए निर्णायक संघर्ष करने पर सहमति के विरुद्ध संविधान की धारा-१ पर प्रस्ताव पारित हुआ-

“भारतीय राष्ट्र का उद्देश्य भारत के लोगों द्वारा सभी वैधानिक एवं शांतिपूर्ण तरीकों से स्वराज की प्राप्ति करना है।"

इस दृष्टि से महात्मा गाँधी जी का वक्तव्य अधिक संदेहपूर्ण और अस्पष्ट लगने लगा था कि-“हम एक वर्ष के भीतर स्वराज हासिल कर लेंगे।"

उक्त वक्तव्य (भाषण) से जहाँ एक ओर लड़ाकू और गर्म दल में आशा का संचार हुआ तथा वे कांग्रेस पार्टी को तरजीह देने लगे, वहीं दूसरी तरफ ब्रिटिश सरकार और उसके दलालों को यह विश्वास हो गया कि स्वराज का अर्थ स्वतंत्रता नहीं है क्योंकि पूर्ण स्वतन्त्रता प्राप्त कर लेना इतना आसान नहीं था।

यद्यपि गाँधी जी को रौलेट एक्ट ने एक कड़वा सबक सिखाया था। काँग्रेस पार्टी द्वारा चलाये जा रहे असहयोग आन्दोलन के लिए १५ सदस्यीय कमेटी का गठन किया। इस कमेटी में छात्रों और समाज के संपन्न लोगों को जिम्मेदारी सौंपी गयी। इस कमेटी द्वारा आन्दोलन कराने की गति कुछ धीमी रही। फिर भी स्थानीय लोग प्रभातफेरी और साँझ में भजन गाने वाली टोली के रूप में लोगों को जागरूक करते रहे। कभी-कभी स्थानीय लोगों की जागरूकता वाली टोलियों द्वारा कहा जाता कि गाँधी जी ने कहा है कि ‘गाँधी जी की सभा है सबको चुटकी या चन्दा देना है’ जैसी अन्य भ्रामक चमत्कारिक बातों का प्रचार-प्रसार भी करते जो गाँधी जी को भी नहीं मालूम होती थी। इन टोलियों का असली मकसद होता था कि गाँव-शहर में घूम घूम कर खिलाफत और वालेंटियर की सदस्यता संख्या में इजाफा किया जा सके। ऐसे ही समय में गाँधी जी ने ८ फरवरी १९२१ को गोरखपुर का दौरा किया। गाँधी जी के दर्शन और उन्हें चन्दा देने के लिए रेलवे स्टेशन पर भीड़ एकत्र होने लगी। चन्दा भी खूब आने लगा। कहते हैं कि गोरखपुर की रैली में तकरीबन २,५०,००० (ढाई लाख) की भीड़ जमा हो गयी थी। जिसमें बहुत से चौरी-चौरा गाँव के आसपास के लोग भी सम्मलित हुए थे, इस रैली में गाँधी जी ने अपने वक्तव्य में अंग्रेज़ी सरकार के प्रति असहयोग के साथ ही क़ौमी एकता पर जोर दिया और आगे कहा कि हमें बुरे कामों से बचना चाहिए, सभा या आन्दोलन के समय डंडा लेकर न चलें, बाजारों में लूटपाट न

करें, अंग्रेज़ी सरकार के कार्य में सहयोग करने वाले सरकारी वकील, अध्यापक, कर्मचारी भी उन्हें बायकाट करें, सरकारी संपत्ति का नुकसान न करे और अंत में कहा कि आपसी व आतंरिक एक जुटता को दृढ़ता से बनाये रखें। यही बातें वह हर एक रैली में भी दोहराते थे। गाँधी जी का भाषण सुनकर स्थानीय लोगों में गजब की स्फूर्ति आ गयी थी। उनके वक्तव्य के जादुई करिश्मे से शताब्दियों से निष्क्रिय रहे अध्यापक, जमींदार, किसान, श्रेष्ठ कही जाने वाली जातियाँ, वकील आदि, स्वराज आन्दोलन में भागीदारी लेने में एक-दूसरे से कड़ी प्रतिस्पर्धा करने लगे। इसी क्रम में श्री धनपत राय जिन्हें हम 'मुंशी प्रेम चन्द जी', श्री हनुमान प्रसाद पोद्दार, गीता प्रेस के सम्पादक तथा श्री रघुवीर सहाय श्रीवास्तव जिन्हें हम 'फ़िराक गोरखपुरी' के नाम से जानते हैं, वे सभी इस सत्याग्रह के आन्दोलन में कूद पड़े थे।

इस बीच देश भर में विदेशी कपड़ों का बहिष्कार आन्दोलन को मूर्तरूप दिया गया तथा १७ नवम्बर १९२१ को प्रिंस आफ वेल्स के भारत आगमन पर विरोध में बहिष्कार आन्दोलन ने उग्र रूप ले लिया। जिसने बाद में दंगे का रूप लिया और यह कृत्य तीन दिनों तक चलता रहा। ब्रिटिश सरकार के निर्देश पर अंग्रेज़ी सिपाहियों की गोलियों से भारत के ५८ क्रांतिकारी शहीद हो गये थे। इस बात से दु:खी गाँधी जी ने तीन दिन उपवास करने का व्रत लिया और चिंता के साथ यह भी कहा कि- स्वराज ने मुझे अप्रत्याशित दु:ख पहुँचाया है जिसके लिए जिम्मेदार लड़ाकू और खिलाफत कमेटी के लोग हैं। जबकि खिलाफत दल के नेता हसरत मोहानी और अन्य सम्बद्ध लोग पूर्ण स्वतन्त्रता की माँग करके अहिंसा का सिद्धांत त्यागने की आवाज भी उठाने लगे। गाँधी जी ने तत्काल कार्यवाही करके हसरत मोहानी को नासमझ कहकर डाँट लगाई थी। गाँधी जी के असहयोग आन्दोलन से गरीब मजदूरों, किसानों और कलकारखानों के मजदूरों के आन्दोलनों में आशान्वित प्रगति आयी। फलत: उत्तर प्रदेश, पंजाब और आंध्रप्रदेश तथा मालाबार प्रान्तों ने इसे तीव्रगति प्रदान की थी। कांग्रेस ने, जाहिल कहे जाने वाले मजदूरों, आदिवासियों, किसानों के आन्दोलनों पर सदैव ही प्रतिबन्ध लगाये रखने का प्रयास किया, ताकि किसी भी दशा में इनकी आड़ में कोई हिंसा न होने पाए और इनकी सुरक्षा भी बनी रहे।

सन् १९२१ में महात्मा गाँधी जी गोरखपुर दौरे के समय केवल ६-७ घन्टे ही रुके। उनका आदर सम्मान और आवभगत बहुत ही प्रभावी रहा। गाँधी जी

के अतिमहत्त्वपूर्ण भाषण के बाद मोहम्मद अली जौहर ने भी अपने वक्तव्य हिन्दू-मुस्लिम एकता के जोरदार भाषण से लोगों के दिलों में स्थान बना लिया था। गाँधी जी ने अपने भाषण में इस बात का उल्लेख विशेष रूप से किया था कि 'मेरी बात का अनुसरण करेंगे तो स्वराज्य सितम्बर के आगे ही मिल जाएगा।' इस बात से प्रभावित होकर कुछ महिलाओं ने अपने पहने हुए जेवर उतार कर उन्हें भेंट कर दिए तथा माता कस्तूरबा के चरणस्पर्श भी किये थे।

यह बात भी सत्य है कि गाँधी जी के गोरखपुर दौरे से प्रभावित होकर स्थानीय असहयोग आन्दोलन और तेज हुआ था। देवरिया के पाँच मुख्तारों ने अपनी मुख्तारी छोड़ दिया तो सेंट एँड्रूज कॉलेज, गोरखपुर के दो सौ से अधिक विद्यार्थियों ने भी कालेज ही छोड़ दिया था। जबकि पडरौना के ब्रह्मेश्वर शर्मा और हनुमान प्रसाद कोइरी को असहयोग आन्दोलन चलाने के जुर्म में ९-९ माह की सजा दी गयी थी।

बिशेनपुरा जागीर बंधू सिंह के पट्टीदारों की थी। डुमरी की जागीर लाहौर के रंजीत सिंह के रिश्तेदार सरदार सूरत सिंह को १८५७ में स्वामिभक्त होने के कारण ही अंग्रेजों द्वारा उपहार स्वरूप सौंपी गयी थी, बाद में इनकी मृत्यु हो जाने से यह जागीर उनके बड़े पुत्र उमराव सिंह के पास आ गयी। इस जागीर कि देख-रेख उमराव सिंह तथा उनके एक रिश्तेदार सुन्दर सिंह जी करते थे। इस ५९ गाँवों वाली डुमरी जागीर का बँटवारा दो हिस्सों में हुआ- पहला सरैंया जिसमें २५ गाँव थे, सरदार सुन्दर सिंह के हिस्से में और दूसरा डुमरी जिसमें ३४ गाँव आते थे। यह हिस्सा उमराव सिंह को मिला। डुमरी खुर्द और डुमरी ख़ास की जागीरें महत्वपूर्ण थी। बिशेनपुरा से जुड़ी सरनेट राजपूतों की दूसरी शाखा के पास सुरक्षित थीं जो बाद में अलग हो गयी थी। मुंडेरा बाजार के स्वामी बाबू संतबक्श सिंह के पास ३३ अन्य गाँव थे। इन सभी जागीरों में सभी जाति-बिरादरी के ऊँच-नीच जाति वाले लोग रहते थे। अतः आपस में मन-मुटाव, मतभेद या मालगुजारी अथवा धर्म के झगड़े होते रहना आम बात थी। लेकिन इन कुलीनवादियों के लिए यह बिल्कुल गले से नहीं उतरता था, जरा-जरा सी बात के लिए आम जन को लठैतों से पिटवा दिया जाता था।इस प्रकार की छोटी-छोटी जागीर और रियासतें भी जन सामान्य व किसानों को प्रताड़ित किया करती थी। जिसके कारण यहाँ भी असहयोग आन्दोलन का प्रचार-प्रसार चरम पर पहुँच चुका था।

अब तक यह आन्दोलन श्रमजीवी और किसानों का आन्दोलन बन चुका था। एक आँकड़े के अनुसार १९२१ में श्रमजीवियों की हड़ताल में लखनऊ के आलमबाग रेलवे वर्कशॉप के पाँच हजार मजदूरों ने, तथा अहमदाबाद के ४७५ कपड़ा मिल में कामगारों द्वारा हड़तालें की गयीं। तथा असम के चाय बागान के १२००० मजदूरों ने आन्दोलन की राह पकड़ी। इसी समय अंग्रेज़ों ने लाहौर के ननकाना में जहाँ गुरू नानक की समाधि है, लगभग २०० सिक्खों का बेरहमी से क़त्ल कर दिया। इन सब ख़बरों का समाज पर बहुत बुरा असर पड़ रहा था। फलत: जमींदारों और साहूकारों के लठैतों तथा ब्रिटिश सिपाहियों/ फौजियों का सामना करने के लिए मालाबार के किसानों ने हथियार उठाये और छ: माह तक डटकर लड़ते रहे। किसान आन्दोलन का तीसरा बड़ा केंद्र संयुक्त प्रांत आगरा और अवध था। इनके आन्दोलन का मुख्य उद्देश्य भी समाजवाद-विरोधी और सामंत विरोधी ही था। आंदोलन का यह आँकड़ा लगातार बढ़ता ही जा रहा था। जिसके कारण ब्रिटिश सरकार ने 'कांग्रेस स्वयं-सेवक दल' को गैरकानूनी घोषित कर दिया, लेकिन इसकी परवाह न करते हुए जगह-जगह पर प्रदर्शनकारी विरोध जताते रहे तो अंग्रेज़ी दमनकारी नीति भी लगातार अपने पैंतरे बदलती रही।

चौरी-चौरा काण्ड एक जन क्रान्ति

इतिहास गवाह है कि दुनिया का कोई भी गुलाम देश बिना बलिदान से आजाद नहीं हुआ है। यह भी सत्य है कि कुलीनतावादी कभी अपने वर्चस्व का नुकसान नहीं सहन कर पाते हैं। इस इतिहास लेखन में भी कुलीन वंशियों का एक छल अधिकार होता था और यह कलम, हाशिये के लोगों को बेदखल करने के लिए उनका सबसे नायाब हथियार ही है। भारत के इतिहास में व्यक्तिवादी और अधिनायकत्व परम्परा अवतारवाद से निश्चित होता रहा है।"राष्ट्रीय आन्दोलन का इतिहास लिखने के समय बुजुर्वा वर्ग और उच्च मध्यम वर्ग तथा उनके नेताओं, पार्टियों को सारा श्रेय देकर, मजदूरों, किसानों और निम्न मध्यम वर्ग तथा उनके नेताओं /पार्टियों की भूमिका के बारे में चुप्पी साध ली जाती है।"(भारत का मुक्ति संग्राम पृष्ठ-viii लेखक-अयोध्या सिंह) इस प्रकार हम देखते हैं कि १९१८-२१ के मध्य देश में किसान और मजदूर का आन्दोलन/विद्रोह भारत देश में चरम पर था। इसे हम रूस की बोल्शेविक क्रान्ति के सापेक्ष भी देख सकते हैं।

इन क्रमिक जन आन्दोलनों की अगली कड़ी के रूप में ४ फरवरी १९२२ का चौरी-चौरा काण्ड सामने आया। आपको एक बार फिर बताता हुआ चलूँ कि 'कांग्रेस स्वयं-सेवक दल' और 'खिलाफत कमेटी' का सदस्य बनने के लिए प्रत्येक व्यक्ति को एक निश्चित प्रार्थना-पत्र भरना होता था। इसमें कुछ व्यक्तिगत जानकारी होने के साथ ही खादी पहनना, किसी भी दशा में शान्ति का अनुसरण करना तथा बुरे कार्यों जैसे नशा करना, शराब पीना, जातिवाद का विरोध करना आदि सम्मिलित था। पूरे गोरखपुर क्षेत्र में सभी समुदाय के लोग बड़े उत्साह से कांग्रेस स्वयं-सेवक दल और खिलाफत दल की सदस्यता ले रहे थे। यहाँ एक बात और कहना है कि यह चौरी और चौरा नाम के दो गाँव थे, ऐसा कहा जाता है। किन्तु वास्तविकता यह है कि चौरा नाम का एक स्थानीय बाजार था, जो चमड़ा व्यापार के लिए जाना जाता था। चूँकि इस क्षेत्र में चौरी-चौरा नाम से रेलवे स्टेशन की स्थापना हो जाने के कारण ही यह पूरा क्षेत्र चौरी-चौरा नाम से विख्यात हो गया। रेलवे स्टेशन बन जाने के कारण ही इसके आसपास गाँव और बाजार का विस्तार और विकास हुआ। यह क्षेत्र व्यापारिक दृष्टि से अति

महत्त्वपूर्ण होने के कारण, इसी चौरा गाँव में ही एक पुलिस थाना भी बनाया गया। यहाँ की ज्यादातर आबादी नीची जाति के लोगों व मुसलामानों की रही हैं। जिनमें चमड़े का कार्य करने वाले, शराब बनाने व बेचने वाले, खेतिहर मजदूर, श्रमिक आदि प्रमुख रूप से थे। इसी चौरा गाँव के पड़ोस में, मुंडेरा बाजार में सबसे प्रभावी लोग बसे हुए थे, जिनमें अधिकतर लोग काश्तकार, खेतिहर/किसानी तो २५ प्रतिशत लोग व्यापार व अन्य धंधे में संलग्न थे। पास में रेलवे स्टेशन होने के कारण चौरा, मुंडेरा और भोपा के बाजार ने स्थानीय व्यापार के साथ ही साथ निर्यात में भी अपनी अच्छी पैठ बना ली थी। यहाँ भारत देश की पहली चीनी मिल भी थी। यहाँ से निर्यात होने वाली सामाग्री में गेहूँ, दालें, चमड़ा, मृत जानवरों के चमड़े व हड्डियाँ मुख्य थी। बाहर से आने वाली चीजों में कपड़े, मिट्टी का तेल व माचिस आदि थी। यहाँ साप्ताहिक बाजारें भी प्रत्येक शनिवार और मंगलवार को लगती थीं। भोपा बाजार के चमड़े का व्यापार, कानपुर और कलकत्ता के व्यापारियों के मध्य अधिक प्रचलित था। जिसमें मुस्लिम और नीच जाति के लोगों की संख्या प्रमुख थी, जिसमें मजदूर व श्रमिक भी सम्मलित हैं।

रेलवे लाइन के दूसरी तरफ स्थित मुंडेरा बाजार, इन दोनों भोपा और चौरा बाजार से भी बड़ा बाजार था। इस बाजार में सभी प्रकार की सामग्रियाँ उपलब्ध रहती थीं। किन्तु मुख्य रूप से वहाँ दाल-चावल, गुड़ और नशीली चीजें जैसे भाँग, गाँजा, शराब इत्यादि ज्यादा मात्रा में बिकता था। एक तथ्य और ध्यान देने योग्य है कि खेती किसानी के साथ ही इन बाजारों पर भी जमींदारों/ कुलीनवादियों का ही वर्चस्व कायम था। जो अपने कारिंदों के द्वारा इस बाजार से वसूली भी कराते थे। इस कार्य में स्थानीय पुलिस भी इनका अवैध रूप से सहयोग ही करती थी। बड़की डुमरी के जमींदार सरदार उमराव सिंह के क्षेत्र में, तो मुंडेरा बाजार बिशेनपुरा के जमीनदार संत बक्ससिंह की देख-रेख में फल-फूल रहा था। यह लोग किसी भी झगड़े का निस्तारण स्वयं की निजी व्यवस्था के अनुसार कर लिया करते थे। अत: चौरा थाना की पुलिस का कार्य भी हल्का हो जाता था। आवश्यकता पड़ने पर दरोगा गुप्तेश्वर सिंह स्वयं भी जनरल डायर बन जाता था। क्या मजाल कि कोई चूँ तक कर दे ?

इसी अव्यवस्था के बीच कांग्रेसपार्टी के स्वयं-सेवक दल और खिलाफत दल के कार्यकर्ताओं द्वारा कर्मठ सदस्य बनाये जाने हेतु प्रचार-प्रसार का कार्य भी खूब तेजी से चल रहा था। कभी-कभी इनके कार्यकर्ताओं और जमींदारों

के कारिंदों के बीच तू-तू, मैं-मैं भी हो जाती थी। जिसके कारण इन लोगों का आपस में छत्तीस का आँकड़ा सदैव ऐंठा हुआ रहता था। कमेटियाँ बन जाने के फलस्वरूप हर गाँव में धार्मिक पर्व पर जगह-जगह साँस्कृतिक आयोजनों के साथ आम सभाएँ भी होती थी। राजनीतिक जन-जागरण हो जाने के बाद इसमें हर धर्म, जाति व समुदाय के लोगों का आना-जाना बना रहता था। यही कारण है कि जब भी कोई घटना या दुर्घटना घटती तो सूचना जंगल में आग की तरह इस पूरे क्षेत्र में फैल जाती थी।

चौरी-चौरा काण्ड को प्रभावित करने वाली घटनाएँ:

उपर्युक्त सभी क्रमिक घटनाएँ, इस चौरी-चौरा काण्ड को तैयार करने में अहम और क्रांतिकारी हैं। किन्तु जो घटनाएँ स्थानीय रूप से घटीं वे अति महत्वपूर्ण और दृष्टांत को प्रमाणित करने में अधिक सहायक सिद्ध होती हैं। असहयोग आन्दोलन को १९१६ में 'लखनऊ समझौता' से अस्तित्व में आये 'खिलाफत कमेटी' को साथ लेकर चलने का निर्णय, गाँधी जी को दूरदर्शी साबित करते हुए प्रत्येक कदम पर सराहा जा रहा था। इस प्रकार हिन्दू-मुस्लिम वर्ग का एक संगठनात्मक रूप राष्ट्रीय आन्दोलन में भी निर्णायक साबित हो रहा था। घटना के एक माह पूर्व डुमरी क्षेत्र के लोगों को संबोधित करने के लिए चौरा गाँव के श्री लाल मोहम्मद सांई ने खिलाफत कमेटी, गोरखपुर के हाकिम आरिफ को आमंत्रित किया। हाकिम आरिफ ने लोगों को सम्बोधित करते हुए महात्मा गाँधी के भाषणों के अंशो को ही दोहराते हुए शराब, माँस को बंद करने तथा स्वदेशी खादी पहनने व सूत कातने की बात कही। इस सभा के खुले मंच से कुछ स्थानीय लोगों को, इस क्षेत्र को संगठित करने के लिए कार्यकर्ता/पदाधिकारी के रूप में नामित भी किया। जिसमें लाल मोहम्मद सांई को मंत्री, मीर शिकारी को संयुक्त मंत्री, नज़र अली को उप संयुक्त मंत्री तथा भगवान अहीर को उपमंत्री व कोष का कार्यभार सौंपा। और संगठन चलाने के लिए चन्दा/ चुटकी निकालने की प्रथा को बदस्तूर जारी रखने के निर्देश दिए।('चुटकी' उस समय पैसों की बहुत कमी थी। ज्यादातर अनाज के बदले ही दूसरी आवश्यकता की चीजें मिलती थीं। इसलिए महिलाएँ भोजन बनाने के पूर्व ही आधी मुट्ठी आटा, दाल, चावल या अन्य कोई भी अनाज चन्दा के रूप में निकाल कर एक अलग बर्तन में एकत्र कर लेती थीं, जिसे तीसरे दिन या हफ्ते में स्वयं-सेवक दल का सदस्य आकर प्रत्येक घर से प्राप्त करके कमेटी के कार्यालय में जमा करा दिया करता था। इसी वृत्ति को चुटकी प्रथा कहा गया है।)

हाकिम आरिफ के जाने के अगले दिन से ही असहयोग आन्दोलन के वालेंटियर (स्वयं-सेवक) बनाने का कार्य शुरू हो गया। उसने एक दिन में ही ७ से ९ स्वयं-सेवक बनाये जिसके लिए एक १२ वर्ष के बालक (नकछेद) ने सदस्यों के फ़ार्म भरने में उसकी मदद की थी। चौरी-चौरा की घटना होने के कुछ दिन पूर्व ही डुमरी क्षेत्र के दो दर्जन से अधिक स्वयं-सेवकों ने मुंडेर बाजार में खाने वाली वस्तुओं की कीमत से सम्बन्धी (पिकेट) निगरानी की थी, जिससे लोगों को सही दाम पर आवश्यक खान-पान की वस्तुएँ सुविधानुसार मिलती रहें। तभी इस बाजार के प्रमुख, जिसकी देखरेख में बाजार लगता था, के कारिंदों ने उन्हें इस प्रकार का व्यवहार करने से मना कर दिया। वे मान तो गये लेकिन कुछ देर बाद ही स्वयंसेवक दल के सदस्य अधिक संख्या में आकर पुन: उचित दाम/कीमतों की पैरवी करने लगे जिसे लेकर दोनों गुटों (कारिंदों और स्वयं-सेवक दल) में, आपसी तनाव बढ़ा और तू तू- मैं मैं शुरू हो गयी। यद्यपि कुछ लोगों ने बीच-बचाव किया। मामला बहुत ही संगीन हो चुका था, किन्तु स्वयं-सेवकों की अधिक संख्या और पुलिस बल की उपस्थिति को देखते हुए मामला जहाँ का तहाँ ही सीले हुए पटाखों सा फुसफुसा कर रह गया। अभी दो दिन भी नहीं बीता था कि स्वयं-सेवकों ने बाजार में अपना रुतबा कायम करने का पुन: प्रयास किया। गाँधी जी के गोरखपुर आने का उत्साह, उम्मीदें और उनके द्वारा दिए गये भाषण में अंग्रेज़ी शासन पर तीक्ष्ण प्रहार के प्रभाव ने यहाँ की स्थानीय जनता के मध्य सत्याग्रह और स्थानीय आन्दोलनों के लिए किये जा रहे समाजिक कार्यवाहियों की रूप-रेखा में आमूल-चूल परिवर्तन करके पूरा का पूरा माहौल ही बदल दिया था। गोरखपुर की जन-सभा में गाँधी ने अपने उद्गार व्यक्त किये थे कि- "यदि हम भारतवासी द्वारा विदेशी वस्त्रों का बहिष्कार करने का कार्य पूरा हो गया, अंग्रेज़ी पढ़ाई लोगों ने छोड़ दी और चरखों से काटे हुए अपने सूत के बने कपड़े बनाना तथा पहनना शुरू कर दिया तो अंग्रेज़ों को यह देश छोड़ने में देर न लगेगी, हमें गुलामी की जंजीर तोड़ देनी है। यह आजादी उतनी ही जरूरी है जितनी कि हमें साँस लेने में हवा की होती है।" यह उन्होंने बार-बार जोर देकर कहा था। गाँधी जी की गोरखपुर यात्रा और भाषण ने वहाँ के लोगों के जीवन में एक नयी जान फूँक कर जन-मन में ऊर्जा और उत्साह भर दिया था।

वास्तव में गाँधी जी की यात्रा ने यहाँ एक ऐसी राजनीतिक चेतना को जन्म दिया, जिसने शताब्दियों से अक्षुण्य रहे शक्ति संबंधों जैसे अंग्रेज़-हिन्दुस्तानी, जमींदार-किसान, ऊँची-नीची जाति आदि के व्यवहार में भी बड़ा

और सकारात्मक बदलाव किया। बहुत सारी जाति सभाएँ जो अभी तक केवल जाति सुधार और आपसी मामले सुलझाने का कार्य करती थीं वे अब राजनीतिक मामलों में भी प्रतिभाग करने लगी थीं। इसी क्रम में मण्डल और तहसील स्तर पर कमेटियाँ गठित करके ताड़ी, शराब, विदेशी कपड़ों सहित अन्य सामाग्रियों की दूकानों पर सत्याग्रह के रूप में छोटी-छोटी टोलियाँ बनाकर लोग विरोध करने लगे थे। इस प्रदर्शन और धरना में गोरखपुर जिले के सहजनवाँ और चौरी-चौरा दोनों गाँव के लोगों ने बढ़-चढ़ कर हिस्सा लिया। यह दोनों ही बाजार विदेशी सामानों की बिक्री और क्रय करने का एक बड़ा व प्रमुख बाजार था। इस क्षेत्र में लगातार दो माह से समाज सेवक और कमेटी के सदस्य, (स्वयं-सेवक) जत्थों में जाकर प्रदर्शन करते थे। इस प्रदर्शन को रोकने के लिए स्थानीय पुलिस और जमींदार/बाजार के संचालकों के गुर्गे मिल कर प्रदर्शनकारियों को बुरी तरह से पीट दिया करते थे। लेकिन प्रदर्शनकारी हार नहीं मानते थे, जब एक जत्थे को पुलिस द्वारा पीटकर लहू-लुहान कर दिया जाता था तब वहाँ दूसरा जत्था आकर उनकी जगह ले लेता था। पिछले दो महीने से यह क्रम बराबर चल रहा था। जबकि पुलिस और कारिंदों की लाठियों की धुआँधार मार सहने और भयंकर से भयंकर यातनाएँ झेलने के बाद भी प्रदर्शनकारी भयभीत नहीं हुए थे। इस बार पुलिस ने घोड़े के रिसाले मँगाये और प्रदर्शनकारियों के जत्थे पर दौड़ा कर उन्हें घोड़ों की टापों से कुचलने लगे थे।

इस बात की सूचना पण्डित मोतीलाल नेहरू जी को दी गयी थी क्योंकि आपको ही इस सत्याग्रहियों के आन्दोलन का प्रमुख सूत्रधार नियुक्त किया गया था। पण्डित मोतीलाल जी उस समय इलाहाबाद में थे, अतएव उन्होंने आन्दोलनकारियों को पुन: शांतिपूर्ण सत्याग्रह/धरना जारी रखने को कहा था। एक बार फिर संत बक्स सिंह के कारिंदों ने स्थिति पर काबू रखते हुए स्वयं-सेवकों को बेइज्जत करके बैरंग वापस भेज दिया। एक तरह से इस पूरे बाजार पर संत बक्स सिंह का ही जोर चलता था। इस बार कार्यकर्ताओं को आगे देख लेने की चेतावनी भी दे गए। अगले दिन जब फिर कुछ स्वयं-सेवक कार्यकर्ता बाजार में कीमतों की निगरानी/शान्ति पूर्ण धरना प्रदर्शन करने आये तो इस बार चौरा थाने के दरोगा गुप्तेश्वर सिंह ने उनमें से एक स्वयं-सेवक दल के सदस्य भगवान् अहीर को मार-मार कर अधमरा कर दिया। जिसके बाद शाम को फिर स्वयं-सेवकों की सभा बुलायी गयी। सभा में यह निर्णय लिया गया कि यदि उनकी संख्या कम होगी तो संत बक्स सिंह के कारिंदे और गुप्तेश्वर सिंह के सिपाही

(दोनों की साथ-गाँठ करके) मिल कर सबको पीट देंगे, इस लिए अन्य मण्डल के भी कार्यकर्ताओं को बुलाया जाए। यह प्रस्ताव सभी ने सर्वसम्मति से पारित कर दिया।

चार फरवरी घटना वाले दिन की सुबह से ही अधिक संख्या में लोग एकत्र होने लगे थे। जिनके लिए गुड़-चबैना व पानी आदि की चुस्त व्यवस्था की गयी। उधर दरोगा गुप्तेश्वर सिंह को भी पल-पल की खबर मिलती रही। उसने भी पास के थाने से कुछ सिपाही और बंदूकों की अतिरिक्त व्यवस्था कर ली थी। इस सभा में महिलाओं की भागीदारी भी बड़ी संख्या में दिख रही थी। अब क्या था पूरा सिवान कार्यकर्ताओं से पटा पड़ा था। लोग रह-रह कर महात्मा गाँधीजी की जय के नारे लगा रहे थे। देखते ही देखते यह सभा विशाल जुलूस का रूप धारण करके भोपा बाजार की ओर चल पड़ी। जुलूस जैसे-जैसे आगे बढ़ता जाता लोगों की संख्या भी बढ़ती जा रही थी। थाने के पास पहुँचते-पहुँचते जुलूस में शामिल लोगों की संख्या कई हजार तक हो गयी।

थाने के पास ही कुछ लोगों ने पुलिस का डर बता कर जुलूस को रोकना चाहा पर भीड़ कब मानने वाली थी। वह तो नज़रे ऊपर की ओर उठाए महात्मा गाँधी जी के जयकारे लगाते हुए आगे बढ़ते ही जा रही थी। अब तक उमराव सिंह का मैनेजर भी बीच-बचाव के लिए जुलूस के अगुआ और कभी पुलिस से बात करता रहा। नेताओं ने उसे आश्वासन दिया कि उनका प्रदर्शन शान्ति पूर्ण रूप से मुंडेरा बाजार तक जाएगा। पुलिस ने उनका रास्ता साफ़ कर दिया। इस बीच भोंपा और मुंडेरा बाजार के साप्ताहिक ग्राहक भी इसी जुलूस में भीड़ का हिस्सा होते गये। कुछ लोगों द्वारा एक दूसरे पर तंज कसा जाने लगा।लोग आपस में मजाक बनाकर हँस रहे थे कि तभी डंडा फटकने और गोली चलने की आवाज ने भीड़ को भड़का दिया। कार्यकर्ताओं ने गोली का जवाब पास की रेलवे लाइन के पत्थरों से देना शुरू कर दिया। गोलियाँ बदस्तूर जारी रही लेकिन भीड़ का मनोबल टूटने के बजाय और तीव्रतर और उग्र होता गया। देखते-देखते कुछ लाशें सड़क पर बिछ गयीं। ५० से अधिक लोग घायल हो चुके थे।अब क्या था जुलूस में शामिल लोग अब तक बिल्कुल बेकाबू हो चुके थे। जिसको जो कुछ मिला हाथ में लेकर पुलिस पर टूट पड़े। पुलिस अपनी जान बचाने के लिए थाने में छिप गयी और अन्दर से दरवाजा बंद कर लिया। भीड़ अपने साथियों की मौत देखकर जंगली हाथियों की तरह पगला चुकी थी। अत: लोगों ने थाने की

खिड़की और दरवाजे दोनों को तोड़ने के प्रयास किये और जब विफल रहे तो लोगों ने पास के ही दूकान से मिट्टी का तेल व खरपतवार लाकर थाने में आग लगा दी।

दिनांक ४ फरवरी १९२२ को ब्रिटिश सरकार के 'रौलेट एक्ट' के विरोध में निकाला गया यह जुलूस, जिसे अंग्रेज़ों ने ब्रिटिश सरकार के प्रति बदले की कार्यवाही को चौरी-चौरा काण्ड के रूप में देखा, जिसे राजनीतिक छद्म ही कहा जाएगा। क्योंकि यह अंग्रेज़ों द्वारा 'रौलेट एक्ट' के तहत ही स्थानीय लोगों के प्रदर्शन को क्रूरता-पूर्ण तरीके से गोलीबारी कराकर दबाने का किया गया असफल प्रयास ही था। यहाँ स्पष्ट है कि उपनिरीक्षक गुप्तेश्वर सिंह ने गोरखपुर के बड़े थाने से असलहा और अतिरिक्त पुलिस बल की माँग करते समय क्षेत्र की गंभीर स्थिति/वास्तविकता को छिपा कर ही मनगढ़ंत बातें बनाकर उसे बढ़ा-चढ़ा कर प्रस्तुत करके अपने उच्चाधिकारियों से सहायता प्राप्त किया होगा। जिसे ब्रिटिश सरकार द्वारा गंभीरता से नहीं लिया गया था और बिना जाँच-पड़ताल कराये ही अतिरिक्त पुलिस बल स्वीकृत कर दिया, और इसे घटना के बाद भी संज्ञान में नहीं लिया गया।

व्यक्तिवादी नेतृत्व और सर्वहारा वर्ग का आक्रोश

हिन्दू समाज में सभी बुरे काम नीच जातियों को ही सौंपे गये हैं। जैसे-माँस बेचना, नशा में शराब बनाना, गाँजा, तम्बाकू आदि बेचने का कार्य, इसमें किसान और मजदूर भी अछूते नहीं हैं, सम्मिलित हैं। विशेषकर उत्तर प्रदेश के पूर्वांचल में इन नीच जातियों में मुख्यत: दलित और मुसलमान हैं जो माँस भक्षण भी करते हैं, इनमें कोइरी जाति (कबीर पंथी) के अधिकतर लोग माँस नहीं खाते हैं, के रोजी-रोटी को प्रभावित करने के लिए माँस-मछली की कीमतों को कम कराने का औचित्य समझ से परे है।

यह सत्य है कि चौरी-चौरा में जन-क्रान्ति की भूमिका में नीची जातियों के लोगों सहित अन्य वर्गों के लोगों ने बढ़-चढ़ कर हिस्सा लिया था। इतना ही नहीं बल्कि पूरे गोरखपुर क्षेत्र में होने वाले धरना-प्रदर्शन में इन अस्पृश्य जातियों की संख्या औसतन अधिक होती थी। चौरी-चौरा काण्ड में तथाकथित कुल शामिल ३००० लोगों की भीड़ में से जिन २२५ लोगों को गिरफ्तार करके उन पर मुकद्मा चलाया गया, यदि हम इनका तात्कालिक समय में जाति-मूल्याँकन कर विश्लेषण करते हैं तो पाते हैं कि- वर्गवार में सवर्णों की संख्या-१० है जिनमें ८ ब्राहमण, एक सुनार और एक भूमिहार है। एक गुंसाई जो पिछड़ी जाति सहित छः अन्य, २६ मुसलमानों में दो चुड़िहारे, चार हज्जाम, पाँच जुलाहे, एक धुनिया, छः पठान, पाँच शेख, एक सैन, एक सैयद और एक मिर्जा थे। इनमें से अगर हम शेख, पठान, शाह और सैयद को सवर्ण मान लें तो शेष सभी मुसलमान दलित जाति के ही हैं। इन दोनो के अतिरिक्त भी १८९ अस्पृश्य जाति (शूद्र) कहे जाने वाले लोग भी सम्मिलित थे। इनकी जातिवार अलग-अलग संख्या में २१ चमार, २० केवट, २४ भर, २१ पासी, १८ अहीर, १७ कहार, १६ कुर्मी, छः सैन्थवार, छः कलवार, चार-चार बाँध, बारी, लोहार और तेली, दो लुनिया, दो मल्लाह, दो धोबी, दो कंडू तथा एक- एक कमकर, कोइरी, खर, पटहेरा, भुज, गुसाई और राजभर सम्मलित थे।

यह भी सत्य है कि इस विद्रोह में एक से अधिक लोगों के हाथों में नेतृत्व रहा। कारण व्यक्तिगत और महात्मा गाँधी जी का गोरखपुर दौरा अथवा

अंग्रेज़ों/कुलीनतावादियों/मुख्तार द्वारा बरपाया जा रहा बे-इन्तिहा जुल्म भी हो सकता है। लेकिन एक बात तो बिल्कुल साफ़ है कि जिस तरह से पूरे भारत में आन्दोलन, प्रदर्शन पर ब्रिटिश सरकार द्वारा बर्बरता और क्रूरतापूर्ण दमन की कार्यवाहियों का क्रम चलाया जा रहा था, मुख्य रूप से जालियाँवाला बाग़ में निहत्थों पर अकारण गोलियाँ बरसाई गयी थीं, इससे पूरे भारत में जनाक्रोश पूरे उबाल पर था। चौरी-चौरा काण्ड के जन-क्रान्ति को हवा देने वाले लोगों में मुख्य रूप से डुमरी खुर्द सभा के नजर अली और लाल मुहम्मद का नाम रहा। जबकि लाल मुहम्मद, नजर अली, भगवान् अहीर, अब्दुल्ला, इन्द्रजीत कोइरी, एक चिमटे वाला सन्यासी और श्याम सुन्दर प्रदर्शन में अगुआ की भूमिका में रहे। एक नाम शिकारी पुत्र मीर कुर्बान का भी लिया जाता है लेकिन बाद में उसके सरकारी गवाह बन जाने पर उसे गद्दार घोषित कर दिया गया है। चौरी-चौरा गाँव के भगवान् अहीर पुत्र रामनाथ अहीर, अब्दुल्ला सांई उर्फ़ सुखई पुत्र गोबर आदि ने इस जन-क्रान्ति को स्वराज के आन्दोलन में बदलने की महत्त्वपूर्ण भूमिका निभाई थी। ये तीनों बहादुर पढ़े-लिखे होने के साथ ही इनमें देश-परदेश में रहने का अनुभव भी था।

भगवान् अहीर के बारे में यह कहा जाता है कि वह किसी अन्य जगह का रहने वाला था पर, चौरी-चौरा गाँव में अपने किसी रिश्तेदार के यहाँ अस्थाई रूप से रहता था। अभिलेखों में यह भी उल्लेख मिलता है कि भगवान् १८ वर्ष की आयु में ब्रिटिश सेना की कुली/मजदूर टुकड़ी में भी रह चुका था। प्रथम विश्व युद्ध को उसने बहुत करीब से देखा था। कहा तो यह भी जाता है कि वह मेसोपोटामिया युद्ध में बसरा मोर्चे पर तैनात था। इसी अवधि में भगवान् अहीर ने जर्मनी और रूस की क्रान्ति की कहानी सुनी और जर्मनी के भारतीय वामपंथियों ने ब्रिटिश भारतीय सैनिकों को औपनिवेशिक सत्ता के विरुद्ध उकसाने की कार्यवाही को आत्मसात किया होगा। १९१८ का विश्वयुद्ध समाप्त होते ही उसे अपनी दो वर्षों की सेवा करने के बाद पेंशन प्राप्त करके सेना से छुट्टी मिल गयी। भगवान् अहीर में स्वराज और देश भक्ति की सेवा इस कद्र परवान चढ़ी थी कि वह पाँच रुपये मासिक पेंशन भोगी होने के बावजूद ब्रिटिश सरकार के प्रति असहयोग आन्दोलन के कार्यकर्ताओं को प्रशिक्षण देता रहा। न्यायालय के जज ने उसके कार्यों से प्रभावित होकर ही अपने फैसले में उसे 'ड्रिल इन्स्पेक्टर' कहा था। यह वही भगवान अहीर है जिसे दरोगा ने बीच बाजार में उसके दो साथियों सहित बुरी तरह से पीट दिया था। जिससे स्थानीय लोग आक्रोशित हो

गये थे और बाद में यही आक्रोश चौरी-चौरा काण्ड के रूप में देखने को मिला।

अब्दुल्ला, चुड़िहार जाति से ताल्लुक रखते थे। अब्दुल्ला, अहमदाबाद काँग्रेस अधिवेशन से अपनी महत्त्वपूर्ण व विशेष सेवाओं के लिए जाने जाते थे। अब्दुल्ला वोलशेविक क्रान्ति से परिचित होने के बाद जब अपने गाँव वापस आये तो उन्होंने एक काँग्रेसी स्वयंसेवक के रूप में काम शुरू किया। जिसमें एम०एन०राय का घोषणा-पत्र और 'किसान-मजदूर राज' का सपना उनके विचारों में घुला-बसा रहा। और अपने देश भारत को अंग्रेज़ों की दासता से मुक्त कराने हेतु असहयोग आन्दोलन में कूद पड़े थे।

नजर अली का नाम उसके जवानी के दिनों में नामी-गिरामी पहलवानों की श्रेणी में गिना जाता था। यह भी एक मुस्लिम चुड़िहार जाति के थे। इनकी पत्नी अपनी २५ वर्ष की अवस्था में ही दिवंगत हो गयी थी। फलत: नजर अली चूड़ियाँ बेंच कर अपना तथा अपने परिवार का गुजर-बसर करने लगा। जब इस चूड़ी बेचने के कार्य से तंगी की हालत में पहुँच गया तो वे एक दिन नौकरी की तलाश में रंगून चले गये। रंगून देश कोई विदेश नहीं लगता था क्योंकि यहाँ तमाम भारतीय लोग जो बंगाल, असम, कलकत्ता, हावड़ा, गोरखपुर और बस्ती से ताल्लुक रखते थे, रोजी-रोटी के मोह-पाश में बंधकर चले आया करते थे। नजर अली का अब्दुल्ला की ही भाँति यहाँ चौरा के एक अन्य जहूर नामक व्यक्ति कलकत्ता से और डुमरी खुर्द के बिहारी के दो लड़के प्रताप और रघुनाथ जो रंगून रोजी के लिए गये थे, से परिचय हुआ था। नजर अली ने यहीं पर ब्रिटिश औपनिवेशिक सत्ता के विरुद्ध जन-आन्दोलनों की तमाम गतिविधियों में बहुत से उतार-चढ़ाव देखे थे। यहाँ से लौटने के बाद वह अपने डुमरी खुर्द गाँव में बसने के बाद स्वराज की चाह में अंग्रेज़ी सरकार के विरुद्ध उसके मन में विद्रोह करने की ज्वाला धधक रही थी।

लाल मुहम्मद भी जाने-माने पहलवानों में से एक थे। इनके परिवार का मुख्य पेशा कारोबार में गाढ़ा कपड़े बेचने का था। साथ ही इनके पास खेतिहर भूमि भी थी। 'नजर अली', भोंपा बाजार में छोटे और कमजोर जानवरों मुख्य रूप से घोड़ों को कम दामों में क्रय करके फिर उनकी देख-रेख करके तंदुरुस्त बनाते और बाजार-हाट में ले जाकर ऊँचे दाम में बेच लेते थे। नजर अली, उम्र,अनुभव और व्यवहार में अब्दुल्ला व लाल मुहम्मद से कमतर थे पर इसके बावजूद उनके पास नेतृत्व की शक्ति कुछ अधिक थी। अपनी ओज पूर्ण वाणी

से डुमरी खुर्द और हाटा बाजार की सभा में भाषण से लोगों को खूब आकर्षित किया था। नजर अली से कनिष्ठ भगवान् अहीर और शिकारी जो कि मात्र २४ वर्ष के युवा थे, ये दोनों भी पहलवानी में यदा-कदा हाथ आजमाते रहते थे। ये दोनों नजर अली के ख़ास चहेतों में से थे।

शिकारी को सरदार हरचरन सिंह का कारिन्दा कहा जाता था। कुलीनतावादी सरदार हरचरन सिंह ने एक कुश्ती में शिकारी की पहलवानी से प्रभावित होकर उसे इनाम के रूप में काश्तकारी जमीन दी थी, जो आज भी उनके परिवार वालों के कब्जे में है। इसी दबाव के कारण ही शिकारी एक सरकारी गवाह बन गया और गद्दार कहलाने लगा।

इसके अतिरिक्त एक कोमल पहलवान का नाम और आता है। यह कोमल पहलवान गोरखपुर क्षेत्र के सहुआकोल, भैंसहवा का रहने वाला था। गवाह बयानार्थ में इस बात का उल्लेख है कि जिस समय चौरा थाना को आग लगाया गया यह कोमल पहलवान वहाँ उपस्थित था। इसकी संदिग्ध उपस्थिति को लोगों ने इतना महत्त्व दिया कि स्थानीय नाच (नौटंकी) वालों में चमरऊ की टोली गाती है कि-

"सहुआ कोल में कोमल तापले, फूकले चौरा

ठीक दुपहरिया चौरा जर गइल, कोई मरम न जाना।

ओ भइया कोई मरम न जाना।"

पहलवान कोमल अहीर का सरकारी रिकार्ड में डकैत के रूप में नाम दर्ज है। इस पूरे क्षेत्र में पहलवान कोमल का दबदबा कायम था। इन्हीं कारणों से डुमरी खुर्द के पहलवानों से कोमल अहीर ने घनिष्ठ सम्बन्ध बना रखा था। इस बात की पुष्टि कोमल अहीर की गिरफ्तारी से होती है। गोरखपुर के जिला कारागार में बंद नेऊर पहलवान को अपने साथ भाग जाने की कोशिश की लेकिन नेऊर दहशत में नहीं भाग पाया और पहलवान कोमल अहीर रफूचक्कर हो गया था। यद्यपि वह करीब डेढ़ वर्ष बाद १९२४ में अंग्रेज़ों के हत्थे चढ़ गया और उसे फाँसी दे दी गयी। इनकी बहादुरी के कई गीत स्थानीय लोकगीत में गाये जाते हैं-

"साथी गद्दार हो गईले, गोरा दिहले रुपैया हो
कुसम्ही जंगल में पकड़इले, कोमल भईया हो..."

उपरोक्त अनेक नेतृत्व के अतिरिक्त भी इस क्षेत्र की राजनीतिक गोलबंदी और जातिवादी में ऊँच-नीच की भावना से आपसी खींचातानी ने इस चौरी-चौरा काण्ड को देश के दूसरे आन्दोलनों से कुछ अलग रंग दिया। यहाँ यह कहना अर्थपूर्ण होगा कि जिस काल में पंजाब, बंगाल और अवध प्रांत के क्रांतिकारी बढ़-चढ़ के आन्दोलनों में मिलजुलकर उत्साहपूर्वक भाग ले रहे थे, वहीं गोरखपुर क्षेत्र के आसपास के सैकड़ों जमींदार, कुलीन तावादी विचार के लोग राष्ट्रीय आन्दोलन को हिन्दू और मुस्लिम के बीच विघटन कराने में ही प्रयासरत थे। यद्यपि गाँधी जी ने हिन्दू-मुस्लिम एकता के रूप में खिलाफत कमेटी का गठन करके 'राष्ट्रीय स्वयं-सेवक' की अवधारणा प्रस्तुत की जिससे असहयोग आन्दोलनों में नीच जाति और गरीब किसान-वर्गों में भी असहयोग आन्दोलन के प्रति उत्साहपूर्ण तेजी देखने को मिली। इसका मुख्य कारण था कि गाँधी जी ने दलितों को राष्ट्र की मुख्य धारा से जोड़ने की बात कही। तो इससे दीन-हीन दलितों का स्वाभिमान भी जाग उठा।

डुमरी खुर्द की सभा में जुटी भीड़ से यह अनुमान लगाया जा सकता है कि सदियों से नीची जाति होने की पीड़ा सह रही आम गरीब जनता के लिए हिन्दू और मुस्लिम धर्म से कुछ लेना देना नहीं था। ये लोग हिन्दू-मुस्लिम नेतृत्व में दृढ़ निश्चय के साथ आगे बढ़ते रहे। यद्यपि इस कार्य में अवरोध डालने के लिए कुलीन/जमींदार दोनों ने मिलकर हिन्दू-मुस्लिम को भड़काने का प्रयास किया, इसके बावजूद धर्म-जाति से ऊपर उठ कर ही अन्य क्षेत्रों की अपेक्षा गोरखपुर क्षेत्र के आन्दोलनों को दलित, किसानों और सर्वहारा समाज के लोगों ने एक अहम और क्रांतिकारी पहलकदमी का ऐतिहासिक उदाहरण प्रस्तुत किया।

इस प्रकार हम कह सकते हैं कि चौरी-चौरा काण्ड में विद्रोह करने की नेतृत्वकारी मुख्य भूमिका में अब्दुल्ला, लाल मुहम्मद, नजर अली और भगवान् अहीर ही आते हैं। यद्यपि इतिहास में कुछेक भ्रांतियाँ भी दर्ज हो गयी हैं लेकिन उनकी सत्यता में अभिलेख दोहरे दिखाई देते हैं जिनका यहाँ उल्लेख करना मैं औचित्यपूर्ण नहीं समझता हूँ।

चौरी-चौरा काण्ड का घटनाक्रम

तीन फरवरी १९२२ की शाम से ही तीन झण्डों की व्यवस्था की गयी। लाल मुहम्मद के साथ ही अन्य स्वयं-सेवकों में शिकारी, बिहारी पासी, साधा सैन्थ्वार, नकछेद कहार (१२ वर्ष का नाबालिग बालक) और नजर अली, गाँव के घरों से गुड़ माँग- माँग कर लाए और बिहारी पासी के घर के सामने वाले खलिहान पर भेज दिया। वक्तव्य देने वाले व अन्य मुख्य नेताओं के लिए फूलों की माला भी तैयार कर ली गयी थी। उसी दिन सुबह ८ बजे तक ४५० से ५०० लोगों की भीड़ एकत्र हो चुकी थी। तभी मलाव गाँव के पण्डित जगत नारायण पाण्डे और बाबू संत बख्श सिंह का कारिन्दा शंकर दयाल राय भी वहाँ पहुँचे। लाल मुहम्मद ने दोनों व्यक्तियों का स्वागत करके मालाएँ पहनाई। इसी सभा में एक संन्यासी भी पहुँचा था जिसके हाथ में एक चिमटा था, साथ ही मुंडेरा गाँव के रामरूप बरई, राजधानी के अब्दुल्ला उर्फ़ सुखई, डुमरी गाँव के शिकारी, नजर अली को अभिवादन करके मालाएँ पहनायी। इसके बाद सभा की कार्यवाही प्रारम्भ हुई। नजर अली ने जुलूस के सामने चौरा थाने चलने के लिए प्रस्ताव रखा। जिस पर मलाव का पण्डित जगत नारायण ने जुलूस की प्रकृति को शांतिपूर्ण ढंग से निकलने के लिए सहमति दे दी और साथ में यह भी सचेत किया कि थाने पर कुछ देर पहले ही सशस्त्र बल की आमद हुई है। अगर दरोगा गुप्तेश्वर सिंह ने रास्ता रोका तो गोलियाँ भी चल सकती हैं। इसलिए हम सब को बहुत ही ऐहतियात के साथ आगे बढ़ना होगा। अब्दुला इस बात से बिल्कुल इत्तेफाक रख कर चल रहे थे की जगतू पण्डित (जगत नारायण पाण्डे) संतबख्श सिंह का कारिन्दा शंकर दयाल अवश्य ही गुप्तचर के रूप में यहाँ आये थे। दरोगा गुप्तेश्वर सिंह का एक और ख़ास गुप्तचर भवानी प्रसाद तिवारी भी भीड़ में शामिल था। दूर-दराज के गाँवों से आये कार्यकर्ता लोग अपना-अपना परिचय देकर अपने गाँव का स्वराज वाला झंडा भी लहराते थे।

जैसे-जैसे सभा की भीड़ बढ़ रही थी, सारी गुप्त सूचनाएँ दरोगा को पहुँचायी जा रही थी। इस जुलूस को गोरखपुर के स्वयं-सेवकों का इन्तजार था। जब दिन की दोनों रेलगाड़ी गुजर गयी और स्वयं-सेवक नहीं आये, तो इसकी सूचना भी प्रसारित होने लगी। अब तो दरोगा के गुप्तचर चौरा थाने की भी

निगरानी करने लगे थे। सभा में यह बात भी बतायी जा रही थी कि यह सभा मुंडेरा बाजार में ताड़ी, शराब और माँस-मछली कि बिक्री को रोकने का भी प्रयास करेगी। इसी बीच दो व्यक्ति भी सभा में आये जिनके लिए कहा जाता है कि वे दोनों ही मुस्लिम वर्ग के थे और गोरखपुर से ताल्लुक रखते थे। उन दोनों ने महात्मा गाँधी जी का नाम लेकर मुहम्मद और शौकत अली के बहादुरी वाले कारनामे का जोशीला गीत गाने लगे, देखते ही देखते भीड़, महात्मा गाँधी जी की जय के नारे लगाते हुए भोंपा बाजार की ओर बढ़ने लगी। एक बात और साफ़ करते हुए चलें कि कुछ दिन पहले ही चौरा थाने के दरोगा गुप्तेश्वर सिंह ने बीच बाजार में भगवान् अहीर और उसके दो अन्य स्वयं-सेवकों को अकेला पाकर बुरी तरह कोड़ों से मारकर उनकी चमड़ी उधेड़ दिया था। इसी का बदला लेने की नीयत से दरोगा को क्षमा माँगने के लिए कहा जाएगा कि भविष्य में ऐसी कार्यवाही की पुनरावृत्ति न होने पाए। और अगर वह नहीं माना तो उसे भी वैसा ही सबक सिखाया जाएगा। इसके लिए लोगों से उनके हाथ खड़ा कराके सहमति माँगी गयी। और यह भी कहा गया कि जिन्हें अपने घर बच्चों और पत्नी से प्यार हो वे इस जुलूस में शामिल न हों, और वे अपने-अपने घर वापस चले जाएँ। ऐसा सुनने के बाद तो जैसे भीड़ और भी बढ़ कर तकरीबन २००० से ३००० तक पहुँच चुकी थी। यह जुलूस जैसे-जैसे आगे बढ़ता जाता था, लोग इसमें स्वेच्छा से मिलते जा रहे थे। इस छोटे से कस्बे में इतनी अधिक भीड़ जमा होने का एक कारण यह भी था कि इस दिन साप्ताहिक बाजार भी लगा हुआ था। इस बाजार में आये हुए ग्राहक भी इस जुलूस का हिस्सा बनते जा रहे थे।

यद्यपि सभा की अध्यक्षता अब्दुल्ला कर रहे थे लेकिन इस जुलूस का नेतृत्व मुख्य रूप से नजर अली और लाल मुहम्मद कर रहे थे। इसके साथ ही भगवान अहीर जुलूस की भीड़ को पंक्तिबद्ध करने का प्रयास कर रहा था और श्याम सुन्दर, अब्दुल्ला उर्फ़ सुखई और शिकारी भी नेतृत्व की भूमिका में लगे हुए थे। यह जुलूस, 'तीन झंडे के उठाने और सीटी बजने की आवाज सुनकर चलते और जगह जगह रुक रहे थे। अधिकतर स्वयं-सेवक गेरुआ रंग के कपड़े तो कुछ सफ़ेद वस्त्र पहने हुए महात्मा गाँधी जी की जय बोलते हुए चल रहे थे। भोंपा बाजार पहुँचने के बाद यह जुलूस बाईं ओर मुड़ गया। कुछ दूर आगे बढ़ने के बाद यह सड़क दो दिशाओं में बंट जाती थी। कच्ची सड़क सीधे देवरिया को जबकि दूसरी पक्की सड़क थाने के बगल में उत्तर दिशा की ओर मुड़ कर थाने को और थोड़ा आगे रेलवे क्रासिंग की ओर पहुँच जाती थी। इसी मार्ग से जुलूस

  चौरी चौरा काण्ड

अपने पथ पर बढ़ रहा था। गोरखपुर- देवरिया मार्ग, ४००० से करीब ५००० स्वयं-सेवकों से पट गया। अभी भीड़ थाने की ओर बढ़ती कि अवधू तिवारी ने भीड़ को थाने की ओर न जाने के लिए डराया पर मदमस्त हाथी वाली भीड़ भला किसकी सुनती है।

अपराह्न २ बजे जुलूस 'स्वयं-सेवक लाला हलवाई' की फैक्टरी के पास पहुँची तो उन्हें साफ़ तौर से दिखाई दिया कि दरोगा अपने सशस्त्र पुलिस बल के साथ थाने के पास मुख्य सड़क पर तैनात था। इसी बीच सरदार हरचरन सिंह ने स्वयं-सेवकों के नेताओं से विचार-विमर्श किया। नजर अली, श्याम सुन्दर और चिम्टाधारी संन्यासी ने बहुत ही विनम्रता से बताया कि यह जुलूस चौरा थाने को पार करके चौरा बाजार वाले गाँव से होते हुए मुंडेरा बाजार की ओर निकल जायेगा और वहीं पर धरना भी देगा। इधर दरोगा गुप्तेश्वर सिंह अपने सशस्त्र पुलिस बल और करीब ५० चौकीदारों, जिनके पास लाठी थी को लेकर वहीं कुएँ के पास मुस्तैदी से डटा रहा। अधिकांश स्वयं-सेवक चौरा थाने से आगे रेलवे क्रासिंग तक बढ़ चुके थे, कुछ स्वयं-सेवक थाने के गेट के पास किसी का इन्तजार कर रहे थे कि दरोगा गुप्तेश्वर सिंह और सरदार हरचरण सिंह ने आकर पूछा कि आप लोग किस बात का हल चाहते हैं ? इस पर श्याम सुन्दर ने ऊँची आवाज में दरोगा से पूछा कि आपने हमारे स्वयं-सेवकों को क्यों मारा ? दरोगा ने कहा कि भगवान् अहीर तुम्हारा कार्यकर्ता ही नहीं बल्कि वह हमारा भाई भी है, उसकी गलती पर उसे समझाने का हमारा भी हक उतना ही है जितना कि तुम्हारा। दरोगा ने अपना हाथ हवा में उठाकर इस जुलूस को गैर-कानूनी घोषित करने को कहा। लोगों ने समझा कि उसने मुआफ़ी माँग ली है। तभी दरोगा स्वयं-सेवकों को थाने की बाउन्ड्री तक छोड़ने आया तो कुछेक ने मजाक में तालियाँ बजा दी। इस कृत्य को दरोगा ने स्वयं का मजाक समझ लिया और चौकीदरों को डंडा फटकने को कह दिया। चौकीदारों ने जैसे ही अपने डंडे सम्भाले, स्वयं-सेवक भाग कर रेलवे पटरी तक पहुँच गये। इस भगदड़ को देखकर जुलूस में किसी ने खतरे की सीटी बजा दी।

अब क्या था? जो स्वयं-सेवक दूर निकल गये थे, वे भी तत्काल दौड़ कर वापस आ गये। देखते ही देखते 'स्वयं-सेवक', थाने और चौकीदारों पर , रेलवे पटरी पर पड़ी गिट्टी की बौछार करने लगे। हंगामा बढ़ते देख दरोगा ने सशस्त्र बल को हवाई फायर करने के आदेश दिए। चौकीदारों ने लाठियाँ भाँजी तो

सिपाहियों ने हवाई फायर किये, जिससे जुलूस और भी आगबबूला हो गया। लोगों ने कहना शुरू कर दिया कि गाँधी बाबा के चमत्कार से गोलियाँ पानी हो गयीं। ऐसा सुनकर भीड़ में जोश और बढ़ गया। पत्थर और भी तेजी से बरसाने लगे। अब तक दरोगा गुप्तेश्वर सिंह अपने खूंखार रूप में आ चुका था, उसने गोली चलाने का आदेश दे दिया। सड़क पर अपने लहूलुहान स्वयं-सेवकों और तीन शव देख कर स्वयं-सेवक गुस्से में पागल हो गये, अब तक सिपाहियों की गोलियाँ भी ख़त्म हो चुकी थीं। जुलूस की भीड़ ने अब चौकीदारों और पुलिस वालों को दौड़ा-दौड़ा कर मारना शुरू कर दिया। पुलिस वाले डर कर थाने में घुस कर छिप गये और अन्दर से खिड़की और किवाड़े बंद कर लिए, लेकिन भीड़ कहाँ रुकने वाली थी? लोगों ने किवाड़े और खिड़कियों को तोड़ने का प्रयास किया। जब यह नहीं टूटा तो भगवान अहीर कहीं से खरपतवार ले आया तो किसी ने पास के मिट्टी के तेल की दूकान से तेल लाकर पूरा थाना ही फूँक दिया। इतने से भी भीड़ का क्रोध शान्त न हुआ तो दरोगा गुप्तेश्वर सिंह के आवास पर धावा बोल दिया। उसके बीबी और बच्चों को तो छोड़ दिया गया किन्तु दरोगा के मकान को तहस-नहस करके उसे भी आग के हवाले कर दिया।

इस घटना में तीन स्वयं-सेवक- खेली भर (खेलावन भर, ग्राम- भर टोलिया), बुद्ध अली और भगवान् तेली (ग्राम- मुंडेरा) सहित २३ पुलिस कर्मियों की कुल २६ जान गयी थी। इसके बाद भी लोग दरोगा गुप्तेश्वर सिंह के घर की ओर कूच कर गये और उसके घर में भी आग लगा दी। कुछ लोगों ने रेलवे की पटरी टेलीफोन के तार आदि को भी नुकसान पहुँचाने का प्रयत्न किया। इसके बाद लोगों ने, अपने-अपने घर लौटने की बजाय दूर के रिश्तेदारों के यहाँ या अन्य अज्ञात स्थान पर छिपकर शरण ली। अब तक पूरे गोरखपुर में एक बड़ा हंगामा कट चुका था। जगह-जगह पुलिस के छापे पड़ रहे थे। तभी गोरखपुर के 'कांग्रेस–खिलाफत कमेटी' के कार्यालय पर छापा डाला गया जहाँ से स्वयं-सेवक बनाने के प्रारूप बरामद हुए। जिसके आधार पर लोगों को खोज-बीन करके पकड़ा गया। हजारों की संख्या की भीड़ में से केवल २२५ लोगों पर मुकद्दमा चला। कार्यकर्ताओं की ओर से पण्डित मदन मोहन मालवीय जी ने उच्च न्यायालय में प्रभावी पैरवी की।

आपने करीब १५० बेगुनाह लोगों को निर्दोष बरी कराया। केवल १९ लोगों को फाँसी की सजा हुई, तथा १४ अन्य को आजन्म कारावास व कइयों को कुछ

चौरी चौरा काण्ड

दूसरे तरह की भी सजा सुनाई गयी ।

चौरी-चौरा हादसे की खबर पाकर गाँधी जी सन्न रह गये । उन्होंने बारदोली में किये जाने वाले अवज्ञा आन्दोलन को तत्काल स्थगित कर दिया । सत्याग्रहियों के लिए यह समाचार असहयोग के समान था-

"किस्मत से खूबी देखें, टूटी कहाँ कमंद
जबकि दो-चार हाथ था, लबे-बाम से रह गया ।"

४ फ़रवरी १९२२ की घटना महात्मा गाँधी जी को इतनी नृशंसतापूर्ण लगी, उन्होंने ११ फरवरी को क्रांग्रेस कार्यसमिति से परामर्श करने के बाद, लेकिन खिलाफत कमेटी की राय जाने बिना ही आन्दोलन वापस ले लिया । यद्यपि यह 'खिलाफत कमेटी' हिन्दू-मुस्लिमों की संयुक्त विचारधारा के लोगों की थी जो अंग्रेज़ी सरकार की दमनकारी क्रूर कार्यवाहियों का विरोध करने के लिए बनायी गयी थी । इस समिति से अंग्रेज़ भी पूरी तरह से भयभीत हो चुके थे क्योंकि अब उनकी हिन्दू-मुस्लिमों के मध्य मतभेद रोपने की कोई भी चाल सफल नहीं हो पा रही थी । यहाँ पर गाँधी जी की दूरदर्शिता लगभग विफल हो गयी थी । उन्होंने पाँच दिन का उपवास करने का निर्णय लिया तथा १६ फरवरी के 'यंग इण्डिया' में अपनी भूलों की 'दयनीयतापूर्ण स्वीकृति' को प्रकाशित कराया था । यह कहना अतिश्योक्ति न होगी की महात्मा गाँधी जी को 'सत्य और अहिंसा' प्रत्येक दशा में प्रिय थी, यहाँ तक कि स्वराज से भी अधिक प्रियतर रही । जिसके परिप्रेक्ष्य में उनके सामने नैतिक अनिवार्यता को सुरक्षित रखना ही था । इसलिए असहयोग आन्दोलन के विस्तृत एवं गहरे होते हुए भी इस विचार प्रवाह को रोकना ही पड़ा । जिसे दिनांक ४ फरवरी १९२२ की चौरी-चौरा काण्ड के बाद महात्मा गाँधी जी ने दिनांक ९ फरवरी १९२२ को अपने पुत्र देवदास गाँधी से तार भेज कर विद्रोह कि पूरी जानकारी माँगी थी, जिन्हें गाँधी जी ने तत्कालीन हालात और हिंसा के वास्तविक कारणों को पता लगाने हेतु भेजा था । ११-१२ फरवरी १९२२ को बारदोली में हुई बैठक की १० बिन्दुओं के क्रमवार निर्णय में असहयोग आन्दोलन को रोका गया ।

जहाँ इस काण्ड के उपरान्त क्रांग्रेस की समिति में विरोधाभास प्रकट हुआ वहीं खिलाफत कमेटी में भी अविश्वास के भाव हिलोरें लेने लगी थी । यद्यपि

जनता की भावनाओं पर कांग्रेसियों की पकड़ बहुत ढीली हो चुकी थी। जन-आन्दोलन, अराजकता अपने मनमानी ढंग से कार्यवाहियों की ओर बढ़ रही थी। कुछ लोग यह समझ रहे थे कि जनता गाँधी जी का विरोध कर रही है किन्तु ऐसा नहीं था। जनता तो सीधे-सीधे स्वयं को स्वराज और स्वतन्त्रता के यज्ञ में आहुति बनाकर हव्य करने की होड़ कर रही थी। जिसे देख कर ब्रिटिश सरकार के होश फाख्ता हो गये, उनके मन में यह विचार आने लगा था कि अब उन्हें भारत छोड़ना ही पड़ेगा, किन्तु इसी दौरान कांग्रेसियों के मध्य हुई बैठक में, देश भर में हुए बड़े पैमाने पर खून-खराबा को दृष्टिगत रखते हुए १८५७ के बाद की स्थिति में आए परिवर्तन का परिणाम बहुत ही घातक सिद्ध हुआ। अत: असहयोग आन्दोलन का स्थगन इस अर्थ में राष्ट्रीय संगठन की विजय का प्रतीक ही था। जिसमें प्रत्येक व्यक्ति अपने-अपने जुनून को शर्तिया पा ही लेना चाहता था, जो बाद में अत्यधिक हानिकारक भी सिद्ध हुआ। (भारतीय स्वतन्त्रता आन्दोलन का इतिहास खण्ड-३)

यद्यपि मोतीलाल नेहरू, लाला लाजपत राय व चितरंजन दास जैसे देश के वरिष्ठ नेता क्रोध से तिलमिला उठे। नेता जी सुभाष चन्द्र बोस ने इसे देश के प्रति विश्वासघात बताया।

पण्डित जवाहर लाल नेहरू जी ने अपने त्वरित टिप्पणी में कहा था-"चौरी-चौरा काण्ड के बाद अचानक ही असहयोग आन्दोलन स्थगित किये जाने से, एक गाँधी जी को छोड़ कर बाक़ी सभी छोटे-बड़े कांग्रेसी नेता, युवा सभी नाराज थे। मेरे पिता जी को इस निर्णय से बहुत तकलीफ पहुँची थी। हमारी आशाएँ धूल में मिल चुकी थीं और यह मानसिक प्रतिक्रिया स्वाभाविक ही थी।" जबकि नेहरू जी ने अपनी आत्म-कथा में असहयोग आन्दोलन को स्थगित किये जाने के निर्णय को एक विस्तारवादी दृष्टि देते हुए लिखा- "दरअसल फरवरी १९२२ में असहयोग आन्दोलन रोकने की वजह सिर्फ चौरी-चौरा काण्ड ही नहीं था, हालाँकि अधिकतर लोगों ने यही समझा था। वह तो इसकी सिर्फ एक वजह थी। गाँधी जी ने कई बार अपनी अंतरात्मा से काम लिया है। जनता के साथ अपने लम्बे और करीबी संपर्क में रहने के कारण, लगता है कि उनमें एक नयी इन्द्रिय विकसित हो गयी थी।... इसमें कम ही संदेह है कि अगर आन्दोलन जारी रहता तो कई जगहों पर हिंसा की छिटपुट वारदातें होती रहतीं। इसे सरकार बड़ी बर्बरता से दबा देती और दहशत का ऐसा राज कायम हो जाता कि लोगों का

मनोबल पूरी तरह से टूट जाता ।"

नेता जी सुभाष चन्द्र बोस ने गाँधी जी को तानाशाह कहकर अपनी प्रतिक्रिया दी कि- "तानाशाह के आदेश का उस समय पालन किया गया लेकिन कांग्रेस के शिविर में एक सामान्य बगावत दिखाई दी। कोई यह नहीं समझ पा रहा था कि महात्मा गाँधी ने चौरी-चौरा जैसी अलग घटना का उपयोग पूरे देश में असहयोग आन्दोलन को रोकने में क्यों किया? पूरे देश में गुस्से का माहौल था क्योंकि महात्मा गाँधी ने विभिन्न प्रान्तों के जनप्रतिनिधियों से राय लेने की भी जरूरत नहीं समझी थी। जबकि पूरे देश में असहयोग आन्दोलन की सफलता के लिए परिस्थितियाँ बेहद अनुकूल थीं। जब देश का जोश उबल रहा था, ठीक उसी समय पीछे हटने का बिगुल बजा देना पूरे राष्ट्र के लिए बड़ी दुर्घटना थी।

महात्मा गाँधी जी के प्रमुख सहायकों में देशबंधु दास, पण्डित मोतीलाल नेहरू और लाला लाजपतराय, सभी लोग उस समय कारागार में बंद थे, साधारण जनता की तरह वे भी इस फैसले को सुनकर बहुत नाराज हुए। मैं उस समय देशबंधु जी के साथ था और यह देख सकता था कि वह क्रोध और दुःख से पागल हो रहे थे क्योंकि महात्मा गाँधी लगातार काम बिगाड़ रहे थे। लाला लाजपतराय जी ने भी नाराजगी वश कारागार से गाँधी को उनके द्वारा लिए गये फैसले के विरोध में क्रोध से भरा ७० पृष्ठ का पत्र लिखा।"

अली बंधुओं ने भी असहयोग आन्दोलन को वापस लिए जाने के विरोध में गाँधी और कांग्रेस से दूरी बनाना प्रारम्भ किया तथा अली बंधुओं ने गाँधी की अहिंसा के प्रति कठोर प्रतिबद्धता वाली नीति की आलोचना भी की थी।

सत्य, अहिंसा और असहयोग के आदर्शवादी महात्मा गाँधी की सेहत पर इन बातों का कोई प्रभाव नहीं पड़ा बल्कि गाँधी जी ने सभी को एक सीधा सा उत्तर दे दिया कि -"जो लोग कारागार में बंद हैं, वे नागरिकता की दृष्टि से मर चुके हैं और नीति के मामले में उन्हें कुछ कहने-सुनने का अधिकार नहीं है।" ऐसे शब्द स्वतंत्रता संग्राम सेनानियों की उँगलियों से नाखून खींच लेने जैसा ही था। यद्यपि गाँधी जी के लिए प्रत्येक भारतवासी उनका अपना ही था, जो अंग्रेज़ों के मातहत रहकर नौकरी कर रहे थे अथवा सामान्य मजदूरी या किसानी कर रहे थे। इस संदर्भ में भी उन्होंने देश के लोगों से एक अपील की थी- "चौरी-चौरा की भीड़ ने जो भी किया, उसके प्रतिरोध में पुलिस अत्याचार, जिसकी सूचना

तमाम स्रोतों से मिल रही है, वह पूरी तरह अन्यायपूर्ण है। उपाय एक ही है कि पुलिस अत्याचार के बावजूद, लोग उनसे प्यार करें और उन्हें उनकी गलती से विरत करें।"

इस चोट से राष्ट्र कई वर्षों तक उभर नहीं सका। यदि कहा जाए कि गाँधी जी का असहयोग आन्दोलन वापस लेने से क्रांग्रेस पार्टी को भी भारी क्षति पहुँची तो गलत नहीं होगा। अंग्रेज़ी सरकार एक बार फिर अपनी दमनकारी नीति में सफल हो गयी थी। इससे गाँधी जी की सर्वप्रियता पर असर तो पड़ा ही पर, करोंड़ो भारतीयों द्वारा भगवान जैसे पूजे जाने वाले जननायक के एक निर्णय ने सम्पूर्ण राष्ट्र को ही निराश कर दिया। इसका परिणाम यह हुआ कि अंग्रेज़ी सरकार जो गाँधी जी पर हाथ डालने से भी डरती थी,उसने तत्काल ही उन्हें भी १० मार्च को पकड़ कर जेल में ठूँस दिया। सरकार का अनुमान सत्य निकला, भारतीय अपना जुनून खो चुके थे। गाँधी जी की गिरफ्तारी हो जाने पर कहीं कोई प्रतिरोध नहीं हुआ। गाँधी जी पर मुकद्मा चलाया गया जिसमें उन्हें ६ वर्षों के साधारण कारावास का दण्ड देकर यरवदा जेल की सलाखों के पीछे भेज दिया गया। कहा यह भी जाता है कि मुकदमे की सुनवाई के दौरान गाँधी जी ने जो तर्क दिए, वह अंग्रेज़ी सरकार द्वारा भारत को आर्थिक पतन की गहरी खाई में डालने की सुनियोजित योजना में पुष्ट पाई गयी, जो पर्दा हटा तो पूरा विश्व समुदाय चकित रह गया। उनके द्वारा अपने लिए कठोर दण्ड की माँग करना उनके महामानव होने का प्रमाण ही था। यद्यपि असहयोग आन्दोलन का दुःखद अंत हो चुका था और क्रांग्रेस के नेताओं और साधारण जनता ने इस निर्णय पर अपना दुःख व्यक्त किया था परन्तु यह कदापि नहीं कहा जा सकता कि गाँधी जी के प्रयास व्यर्थ ही गये।

गाँधी बाबा में अटूट विश्वास

महात्मा गाँधी जी द्वारा भारत देश में जिस निष्ठा और दृढ़ता के साथ गरीबी उन्मूलन और स्वराज के लिए कार्य किया गया वह अति सराहनीय और चमत्कारिक ही था। जिसका परिणाम यह हुआ कि संवत १९१७ से १९२० आते-आते देश के लोगों में देशप्रेम, महात्मा गाँधी के प्रति अटूट श्रद्धा और स्वतन्त्रता संग्राम में राजनीतिक चेतना आने के साथ ही स्वयं के सुधार की भावना ने भी समाज में एक नयी स्फूर्ति, एक नयी ऊर्जा भर दी थी। प्रत्येक समाज और गाँव में ग्राम पंचायतों का गठन हुआ। बहुत सारी जाति या वर्ग के संगठनों जिनका कार्य केवल जाति सभाएँ करके उनमें आवश्यक सुधार करना होता था, वे संगठन भी राजनीति में खुलकर भाग लेने लगे थे। इसी समय दिसंबर १९२० में गोरखपुर के एक तहसील में 'भूमिहार रामलीला मंडल' की स्थापना हुई। इसका प्रमुख उद्देश्य ग्रामीण समाज में राष्ट्रीय एकता की भावना स्थापित करना और भगवान् श्रीराम का गुण गाते हुए सत्याग्रह का प्रचार-प्रसार करना था, यह भी राजनीति में सक्रिय हो गयी। इसका प्रभाव समाज पर ऐसा हुआ कि देखते ही देखते इसी तरह ग्राम पंचायतें भी अपना कार्य-रूप बदल-बदल कर विभिन्न जाति या समुदायों के लिए भी गठित होने लगी थीं। इनमें बहुत से सुधार कार्य भी सम्मिलित हो गये थे, जैसे- नीची/अछूत जातियों की महिलाएँ जमींदारों/भूमिहारों के यहाँ काम करने नहीं जायेंगी, किसी भी व्यक्ति द्वारा बेगारी नहीं की जायेगी, माँस-मच्छी या शराब/ नशा वृत्ति का विरोध आदि निर्णय लिए गये जो सर्वजन में प्रिय हो गए। ऐसा न करने वालों को पंचायत सजा देती थी अथवा जुर्माना भी लगाती थी। अत: इन पंचायतों में लिए गये निर्णयों/फैसलों का बड़ी कड़ाई से पालन सुनिश्चित किया जाता था। इस प्रकार देश के उत्थान में सामाजिक रूप से अशुद्ध और अछूत समझी जाने वाली इन जातियों का उनके स्वयं का सुधार अर्थात 'शुद्ध करने की कोशिश' एक प्रकार से पराधीनता को नकारने और एक सच्चे देश भक्त होने की सूचक थीं।

सन् १९२०-२१ में ही पंचायतों और छोटे-छोटे स्थानीय संगठनों के माध्यम से एक बात देखने को मिलती है, वह यह कि "इन पंचायतों/संगठनों द्वारा किसी व्यक्ति को दोषी घोषित करने अथवा किसी असामयिक मुसीबत

आने पर उसे अपराध के रूप में नहीं लिया जाता था बल्कि उसे सकारात्मक रूप से 'गाँधी बाबा का चमत्कार' समझा जाने लगा था।" इस प्रकार हम देखते हैं कि जन-जन में देशप्रेम की भावना इस कदर कूट-कूटकर भर गयी थी कि वे असहनीय कष्ट और सजाओं को भी सहर्ष 'गाँधी बाबा का चमत्कार' कह कर सहजता से स्वीकार कर लेते थे। इन दिनों गाँवों या शहर में कुछ भी अप्रत्याशित/अनहोनी या आश्चर्यजनक घटना घटने पर उसे गाँधी बाबा जी के चमत्कार का नाम दिया जाने लगा था, इसकी चर्चा स्थानीय और राष्ट्रीय अखबारों तक में प्रकाशित हो जाया करती थी। मार्च १९२१ में हर अखबार में ऐसी अनेक घटनाओं का सन्दर्भ मिला जैसे-"किसी गाँव के कुओं से धुआँ निकलने लगा है, जब लोगों ने उस कुँए का पानी पिया तो उसमें से केवड़े की खुशबू आ रही थी, किसी अन्य गाँव में काफी समय से एक बंद घर को जब खोला गया तो उसमें पवित्र कुरआन की पुस्तक मिली, किसी गाँव में एक अहीर द्वारा गाँधी जी के नाम पर भिक्षा माँगने वाले साधु को भिक्षा देने से मना करने पर उसका सारा गुड़ आग में नष्ट हो गया और दो बैल जल कर मर गए, इसी तरह एक ब्राह्मण, गाँधी जी की सत्ता को छलावा कहकर न मानने पर पागल हो गया और तभी ठीक हुआ जब उसने गाँधी जी के नाम का जप शुरू किया और उनके नियमों का पालन करने लगा। इस तरह के दसियों दर्जन कहावतें और कहानियाँ गोरखपुर जनपद में प्रचलित थीं। इस प्रकार के अफवाहों का कोई आधार हो अथवा न हो, गाँव की जनता पर इसका गहरा असर होता था। ऐसा इसलिए भी सहज था क्योंकि गाँधीवादी कांग्रेसी नेताओं को भी ऐसी बेसिर-पैर की बातों से पार्टी के प्रचार-प्रसार में काफी मदद मिलती थी। यहाँ तक की प्रत्येक सभा को 'गाँधी सभा' का नाम भी दिया जाने लगा। क्योंकि गाँधी जी ग्रामीण लोगों के बीच ही नहीं बल्कि शहर के नागरिकों के बीच भी अत्यधिक चर्चित हो चुके थे, अगर हम कहें कि गाँधी जी सभी ग्रामीणों के दिल में बसते थे तो अतिशयोक्ति न होगी। जहाँ एक ओर गाँधी जी के नाम पर देश की एकता और जन एकता को बल मिल रहा था, वहीं दूसरी तरफ देश के मुख्तार, रसूखदार, जमींदार और अंग्रेज़ी सरकार के चापलूस लोग इससे काफी चिन्तित और दु:खी थे। अब ग्रामीण लोगों पर इनका प्रभाव क्षीण होता जा रहा था। अधिक दबाव डालने पर जमींदारों के खिलाफ नारेबाजी होने लगती थी। इतना ही नहीं बल्कि कभी-कभी कांग्रेसी स्वयंसेवकों द्वारा जमींदारों/रसूखदारों पर हमला भी बोल दिया जाता था।

जनपद गोरखपुर में जमींदारों के पक्ष में 'ज्ञान शक्ति' समाचार पत्र ने अपने

 चौरी चौरा काण्ड

एक अंक अप्रैल १९२१ में लिखा कि-"सभी गाँवों में रात के समय लोग ढोल, ताशा और मजीरा लेकर निकलते हैं और कम से कम पाँच गाँवों में घूम-घूमकर गाँधी जी के भजन गाते हैं और नारेबाजी करते हैं। इस काम को वे 'स्वराज का डंका' बजाना कहते हैं और अपनी यात्रा के दौरान लोगों को बताते हैं की अंग्रेज़ों ने गाँधी जी से यह शर्त लगायी है कि अगर वे आग से बिना जले निकल कर दिखा दें तो उन्हें स्वराज मिल जाएगा। गाँधी जी ने एक बछड़े की पूँछ पकड़कर बिना जले ही आग को पार कर लिया, इसलिए अब स्वराज आ गया है। गाँधी जी के स्वराज में सिर्फ चार आना और आठ आना प्रति बीघा की दर से लगान लगेगा (जबकि उस समय इस लगान की दर तीन से चार रुपये प्रति बीघा थी)। अत: कोई भी व्यक्ति इससे अधिक लगान जमींदारों को न दे।" आगे 'ज्ञान शक्ति' समाचार पत्र ने चिंता जताई कि ऐसी हरकतों से स्वराज आने में देरी होगी और देश का बड़ा नुकसान होगा। इन अफवाहों की सत्यता और झूठ का अनुमान सभी लोग आसानी से समझते हैं। लेकिन स्वयंसेवकों और ग्रामीणों को तो केवल स्वराज का भूत सवार था तो पार्टियों को अपने प्रदर्शन में अधिक से अधिक भीड़ जुटाने की फ़िक्र रहती थी क्योंकि यदि प्रदर्शन में कम भीड़ होती थी तो अंग्रेज़ी सैनिक उन्हें बहुत बुरी तरह से पीट देते थे, जैसे कि दरोगा गुप्तेश्वर सिंह।

इसको हम ऐसे भी समझ सकते हैं कि चौरी-चौरा थाने के गुप्तेश्वर सिंह थानेदार का घरेलू नौकर सरजू कहार ने गवाही के रूप में मुकदमे के दौरान यह कहा था कि-"महात्मा गाँधी का स्वराज आ गया है और अब चौरा थाने को बंद कर दिया जाएगा। उसकी जगह स्वयंसेवक लोग अपना थाना खोलेंगे।" तथा माँगपट्टी गाँव के हरवंश कुर्मी ने यह कहा था कि-"उसके गाँव के नारायण, बालेश्वर और चमरू ने उस (चौरी-चौरा काण्ड) घटना के बाद उसे बताया था कि उन लोगों ने चौरा थाने को जला दिया है और अब स्वराज आ गया है।"

गाँधी जी के विषय में फैलाए गये अफवाहों के अतिरिक्त भी ऐसी ठोस योजनाएँ और पुख्ता कार्यक्रम थे जिन्हें स्वयं गाँधी जी और कांग्रेसी स्वयंसेवकों द्वारा प्रत्येक बैठक और जुलूस में दोहराया जाता था, इसके कारण ही भारत के लोगों का आत्मविश्वास और निष्ठा महात्मा गाँधी जी के प्रति अत्यधिक प्रगाढ़ हो चुकी थी। यही कारण है कि लोग गाँधी जी के नाम पर अपनी जान तक कुर्बान करने को तैयार रहते थे। ये ठोस योजनाएँ और पुख्ता कार्यक्रम मुख्य रूप से छ:

थे जो निम्न प्रकार से हैं-

१- भारत में हिन्दू मुस्लिम एकता (खिलाफत कमेटी) पर जोर देने के लिए खिलाफत आन्दोलन।

२- लोगों को क्या नहीं करना है जैसे- लाठी का प्रयोग, हाट-बाज़ार की लूट और सामाजिक बहिष्कार आदि।

३- अपने अनुयायियों से यह अपेक्षा ना करें कि जुआ खेलना छोड़ देंगे, गाँजा और शराब नहीं पियेंगे तथा वेश्याओं के पास नहीं जायेंगे।

४- वकील और मुख्तार (सरकारी कार्यों के सहायक) अपना-अपना कार्य छोड़ देंगे, सरकारी स्कूलों का बहिष्कार किया जाए, सरकारी उपाधियाँ वापस की जायें आदि।

५- लोग सूत कातना शुरू करें और बुनकर सिर्फ हाथ का बना सूत ही लें और इन्हीं सूत के बने कपड़े सभी लोग पहनें।

६- स्वराज का मिलना हमारी संख्या, आंतरिक मजबूती, भगवान् का आशीर्वाद, शान्ति और त्याग की भावना आदि पर ही निर्भर हो। ऐसी बातें स्वयं गाँधी जी अपने प्रवास के दौरान उत्तर प्रदेश और बिहार व अन्य प्रदेशों की सभाओं में भी कह रहे थे।

दिनांक ८ फरवरी १९२१ को गाँधी जी ने गोरखपुर जनपद दौरा किया था। यहाँ के लोगों में उनके आने का उत्साह और जो उम्मीदें जगीं, इसी ऊर्जा और विश्वास के साथ गोरखपुर में अंग्रेज़ी सरकार के दमनकारी नीति के विरुद्ध एक आक्रोश बढ़ रहा था। इसी आक्रोश से वहाँ की ग्रामीण जनता में आत्मसम्मान की भावना ने जन्म लिया। फलत: इस जनपद में एक ऐसी राजनीतिक चेतना जाग्रत हुई जिसने ४ फरवरी १९२२ के चौरी-चौरा काण्ड को अंजाम दिया। इसे स्वतन्त्रता संग्राम का अंतिम और एक अतिशय सफल जनक्रांति कहा जाए तो गलत न होगा।

चौरी-चौरा काण्ड के बाद कांग्रेस पार्टी में दरार आने और चुप्पी का माहौल छा जाने से अंग्रेज़ों में एक नयी ऊर्जा आ गयी। उन्होंने ताबड़तोड़ दबिश देकर

चौरी-चौरा काण्ड के क्रांतिकारियों को गिरफ्तार करना शुरू कर दिया। इतना ही नहीं दबिश देने के समय अमानवीयता और क्रूरता की सारी हदें पार करते हुए मानवता को तार-तार कर दिया। देश और विदेशी अखबारों के समाचार पत्रों का असर यह हुआ कि पण्डित हृदय नारायण कुंजरू, पण्डित चन्द्रकान्त मालवीय और मौलवीय मोहम्मद सुभान उल्लाह की सामाजिक संयुक्त जाँच रिपोर्ट दिनांक २३ फरवरी १९२२ को 'द लीडर' समाचार पत्र में प्रकाशित हुई थी तथा गाँधी जी के पुत्र देवदास गाँधी का तार जो उन्होंने अपने पिता को दिनांक ९ फरवरी १९२२ को भेजा था, इसमें यह स्पष्ट था कि ४ फरवरी को चौरी-चौरा काण्ड के बाद स्थानीय पुलिस- प्रशासन द्वारा क्रांतिकारियों को पकड़ने हेतु दबिश की आड़ में देश के सामान्य नागरिकों पर बेइंतिहा जुल्म ढा रही थी। जिनमें अबला महिलाओं के जेवर लूट लेना, उनके साथ दुर्व्यवहार और बलात्कार करना, पूरा का पूरा गाँव छानबीन कर घरों से लूटपाट और उन्हें ध्वस्त करना आदि मुख्य रूप से दृष्टिगोचर होता है, इसे अनदेखा नहीं किया जा सकता है।

जहाँ एक ओर क्रांतिकारियों और किसानों को 'गुण्डा' सम्बोधित कर निंदित किया जाता रहा, वहीं ब्रिटिश सरकारों के अमानवीय व्यवहार और जुल्म के खिलाफ कोई भी चूँ तक नहीं करता था। जंग बहादुर सिंह, कांग्रेसी कार्यकर्ता ने ही २८ फरवरी १९२२ को 'यंग इण्डिया' के माध्यम से गाँधी जी को एक पत्र लिखा जो ९ मार्च १९२२ के अंक में छपा था, का मज़मून कुछ इस तरह था-

"मैं उन छ: लोगों में से एक था जिन्हें हाटा तहसील के गाँव वालों के जीवन जीने के दृष्टिकोण को फिर से सामान्य बनाने में मदद करने के लिए जिला कांग्रेस कमेटी, गोरखपुर द्वारा तैनात किया गया था। हाटा तहसील चौरा गाँव से सटा हुआ है। यहाँ मैं अपने अल्प प्रवास के दौरान विभिन्न क्षेत्रों से पुलिस के अनियंत्रित अत्याचार की तमाम घटनाओं की सूचनाओं से अवगत हुआ। इस धनौटी गाँव में घटित वाकये को खारिज कर देने वाला कोई एक भी कारण या तथ्य मेरे पास नहीं है। पुलिस, चौरी-चौरा काण्ड में गाँव के निरीह और निर्दोष लोगों को विद्रोहियों के रूप में फँसा देने की धमकी देकर घूसखोरी और लूटपाट कर रही है। जब मैं गाँव के भ्रमण पर था तब मुझे यह जानकारी दी गयी कि देवगाँव से छतरधारी, अमलू और रामखड़ीग से क्रमश: १० रुपये, एक रुपये और २ रुपये भाले की नोंक पर धमका कर वसूले गए। ऐसे पाशविक अत्याचारों के समाचारों की कोई कमी नहीं है। मैंने अपनी आँखों से देखा कि उझ्झाँव गाँव के

भगेलू कोईरी को बेंतों और चमड़े के कोड़ों द्वारा बड़ी बेरहमी से पीट कर उसकी चमड़ी उधेड़ दी गयी थी। उसके पास जो एक रुपया टेंट में मौजूद था वह भी छीन लिया गया। वास्तव में, मैं उन लोगों को भली प्रकार जानता हूँ जिन्होंने उसे लूटा था। अगर सरकार इस खबर का खण्डन करती है तो इस घटना के सम्बन्ध में साक्ष्य प्रस्तुत कर सकता हूँ। मैं आपको पक्के रूप से बताता हूँ कि पुलिस के बहुत सा अपराध कानून की छाँव में (दिन के उजाले में) सरकार को दिखाई नहीं दे रहा है। अगर आप जिला बस्ती के खलीलाबाद के लोगों के शानदार धैर्य को देखने आयें तो पायेंगे कि वे अकल्पनीय और अवर्णनीय दुःख-दर्द को सह रहे हैं, जो उन्हें सरकारी लोगों की ओर से दिया जा रहा है। आप उन्हें (गाँव के दुःखयारी लोगों को) देख निश्चित ही आशीर्वाद देंगे।

आपका

(जंग बहादुर सिंह)

सुदर्शन भवन, इलाहाबाद दिनांक-२८.०२.१९२२

गाँधी जी का आदर्शवाद (सच्ची नागरिकता, कानून का सत्यनिष्ठा से अनुपालन, ईश्वर में गहरी आस्था और देश के संविधान में पूर्ण विश्वास) कोरे कागज़ की तरह सत्य और अमृत से बुझी हुई थी। शायद इस अमृत का, विदेशी नीति, कानून, संविधान और अवसरवादियों पर तनिक भी प्रभाव नहीं होता था। गाँधी जी अपने बैरिस्टर होने के प्रमाण में, अपनी सत्यनिष्ठा और विदेशी संविधान के प्रति पूर्ण आस्था रख कर उसका विरोध करते रहे। अगर हम इसका दूसरा पक्ष देखते हैं तो पाते हैं कि गाँधी जी ने जिन-जिन अध्यादेशो/कानूनों का विरोध किया वह भी पद (अंग्रेजों के सीनेट में चुने हुए प्रतिनिधि/विपक्ष) की गरिमा और संविधान के विरुद्ध किया। वास्तविक तथ्य तो तब निकल कर सामने आता है जब जालियाँवाला बाग में हुए नरसंहार को पूर्व सुनियोजित पाया गया। धूर्त जनरल डायर ने जांच आयोग के समक्ष स्वयं ही, यह स्वीकार किया कि १३ अप्रैल १९१९ को वह भारतीयों की जघन्य हत्या करने के उद्देश्य से ही दो बख्तर बंद गाड़ियाँ और चुने हुए सिपाही लेकर जालियाँवाला बाग गया था और उसने वास्तव में ऐसा किया भी, इस सच के रहस्योद्घाटन पर पूरा विश्व मौन है। देश में लागू एकल संविधान में निहित नियमों के अनुसार उसे इस क्रूर कृत्य के लिए फाँसी की सजा न देकर अन्यत्र स्थानांतरित करते हुए मात्र कुछ सालों की सजा ही सुनाई गयी। जबकि हमारे देश के स्वतन्त्रता संग्राम सेनानियों/ देश प्रेमियों/

        चौरी चौरा काण्ड

बेगुनाह किसानों और मजदूरों को गुनहगार प्रमाणित करते हुए उन्हें लगातार फाँसी की सजा दी जाती रही। ऐसे दो भाव वाले पक्षपाती संविधान के प्रति गाँधी जी का आदर्शवाद खोखला ही लगता है। इसी आदर्शवाद की बलिवेदी पर चौरी-चौरा जन आन्दोलन के निर्दोष और सर्वहारा लोगों के दमन की अंतिम कहानी भी अमर हो गयी।

सन् १८५७ के विद्रोह एवं प्रथम विश्व युद्ध के बाद ब्रिटिश शासन के साथ वफादारी निभाने वाले डुमरी कस्बे की जागीर को बंधू सिंह से छीन कर सरदार उमराव सिंह को सौंपी गयी थी। चौरी-चौरा जनक्रांति काण्ड के पूर्व सरदार उमराव सिंह की जागीर के मैनेजर सरदार हरचरन सिंह पर शक होने के बावजूद उन्होंने इस विद्रोह में भी सफलता दिलाने में अहम भूमिका निभाई। क्रांतिकारियों के विरुद्ध सरदार हरचरण सिंह ने न्यायालय में जाकर स्वयं गवाही दी थी। उनके ही दबाव में मुख्य कार्यकर्ता शिकारी और ठाकुर ने भी सरकारी गवाह बन कर पूरा पाशा ही पलट दिया। यह भी कहा जाता है कि चौरी-चौरा विद्रोह में आसपास के सभी जमींदारों में सबसे अधिक और महत्त्वपूर्ण भूमिका सरदार हरचरण सिंह जागीरदार की ही रही। आज भी उन पर यह आरोप लगाये जाते हैं कि उन्होंने ही अपने सभी विरोधी जागीरदारों के लोगों को चुन-चुन कर अभियुक्तों की सूची में डलवाने की पूरी कोशिश की थी। ऐसे बहुत से नाम लिए जा सकते हैं जिनसे यह सिद्ध हो जाता है कि सरदार हरचरण सिंह से द्वेष, झगड़ा व अन्य विरोध के कारण ही अजमतगढ़ के जागीरदार राजा मोती सिंह, इनका नौकर नियामत और सरदार के नौकर कल्लू के बीच झगड़ा हुआ था। भगत पुत्र बाबूलाल ने उस समय सरदार हरचरण सिंह के विरुद्ध गवाही दी थी। चौरी-चौरा बाजार के आसपास के बाजारों से कोई लेना-देना न होने के बावजूद बाँस गाँव मलांव के जमींदार जगत नारायण पाण्डेय का कांग्रेसी होने और खद्दर पहनने के बाद भी ब्रिटिश सरकार के प्रति स्वामिभक्तों में नाम लिया जाता है। भगवान् अहीर को उसी के सामने जरा सी बात पर बुरी तरह से दरोगा गुप्तेश्वर सिंह द्वारा पीटा गया था। शंकर दयाल ने अपने बयान में यह कहा था कि डुमरी खुर्द सभा में स्वयंसेवकों ने जगत नारायण पाण्डेय को संत बक्श सिंह का कर्मचारी और थाने का सहयोगी कहा था।

चौरी-चौरा थाना अग्नि काण्ड की घटना के अगले दिन ही सुबह लाल मोहम्मद को उनके घर से घायल अवस्था में गिरफ्तार किया गया। अयोध्या चमार और रघुवीर नाई को भी पुलिस ने हिरासत में ले लिया। ६ फरवरी

तक लगभग ५०-५५ लोग पकड़े जा चुके थे। पाँच फरवरी की मध्य रात्रि से लेकर ११ फरवरी तक पुलिस अधीक्षक, चौरा में ही रात-दिन जमे रहे। धीरे-धीरे यह संख्या बढ़ती ही गयी। यहाँ एक बात बड़ी हास्यास्पद लगती है कि जुलूस में शामिल तकरीबन तीन से पाँच हजार लोगों में से पुलिस ने कुल २२५ अभियुक्तों को हिरासत में लिया और सभी पर मुकद्दमा चलाया गया। जबकि थाना को जलाने तक का कार्य कुछ चुनिंदे लोगों ने ही अंजाम दिया होगा ? इन गिरफ्तारियों के विरुद्ध भी पूरे देश में किसानों का प्रदर्शन होता रहा। २२ फरवरी १९२२ को 'लीडर' समाचार पत्र में छपा कि गोरखपुर में चौरी-चौरा काण्ड अंग्रेज़ी हुकूमत के विरुद्ध एक किसान विद्रोह था, जो अलग, अद्भुत और फ्रांसीसी क्रांति की शुरूआत जैसा ही था। इसके अतिरिक्त भी देश और विदेशों के प्रतिष्ठित समाचारपत्रों में इस चौरी-चौरा विद्रोह पर एक सकारात्मक चर्चा के रूप में स्थान मिला। द लीडर, बाम्बे क्रानिकल, द आर्ग्यू (मेलबोर्न), द इन्डियन डेली न्यूज, अमृत बाजार पत्रिका, द बंगाली, द मद्रास मेल, न्यूइण्डिया, न्यूयॉर्क ट्रिव्यून और द वेस्टर्न गजेट आदि में समीक्षात्मक खबरें भी छपीं। भारत में, इस विद्रोह के बाद पूरी अंग्रेज़ हुकूमत की नींद उड़ चुकी थी। अब वह खौफजदा और सतर्क होकर फूँक-फूँक कर कदम रखने लगे थे।

   चौरी चौरा काण्ड

चौरी चौरा काण्ड में लिप्त पाए गये आन्दोलनकारियों की न्यायिक प्रक्रिया

किसी भी मुकदमे की न्यायिक प्रक्रिया में कम से कम एक सरकारी गवाह का होना शासकीय मंशा की पूर्ति करने में सहायक होता है। जिसका उपयोग ब्रिटिश सरकार अपने विरोधियों को पूरी तरह से कुचलने के लिए करती रही है। चौरी-चौरा जन क्रान्ति के अभियुक्तों को यथाशीघ्र दण्ड देने के लिए विद्रोहियों के नेतृत्वकारी लोगों को सरकारी गवाह बनाने की भरसक कोशिश की गयी। सरकारी गवाह बनाने के उद्देश्य से दिनांक ५ फरवरी १९२२ रविवार को घटना के अगले दिन मुख्य स्वयं-सेवकों में लाल मोहम्मद को उसके घर से, सर्किल इंस्पेक्टर पण्डित प्यारे लाल और उप निरीक्षक लक्ष्मन सिंह दोनों (देवरिया) द्वारा को संयुक्त रूप से गिरफ्तार किया गया। लेकिन लाल मोहम्मद ने सरकारी गवाह बनने से साफ इन्कार कर दिया था। जब यह प्रयास विफल हो गया तो उन्होंने रामरूप बरई, भगवान् अहीर और शिकारी को मोहरा बनाया। इतना ही नहीं उन्हें डराने-धमकाने और यातनाएँ देनी जैसी नीति का भी पुलिस ने खूब उपयोग किया। पहले तो इन लोगों ने भी सरकारी गवाह बनने से इन्कार कर दिया था लेकिन बाद में ठाकुर अहीर एवं शिकारी, हरिचरण सिंह के दबाव और अंग्रेज कसाइयों की यातनाएँ सह न सके और सरकारी गवाह बन गये।

चौरी-चौरा विद्रोह के बाद हाउस ऑफ़ कॉमन में भारत सचिव, मांटेग्यू की नीतियों के खिलाफ १४ और १५ फरवरी १९२२, दो दिनों तक सदन में तीखी बहस हुई। निष्कर्ष में यह निकाला गया कि मांटेग्यू की तीन वर्षों की ढुलमुल नीतियों के कारण भारत में करीब १० हजार लोग विभिन्न दंगों में मारे गये हैं। सर विलियम जोयसन् हिक्स ने मांटेग्यू को गाँधी का दोस्त बताते हुए यह कहा कि -"भारत सचिव के पद पर मांटेग्यू का बना रहना इस देश और सम्राट के लिए अत्यंत जोखिमपूर्ण होगा।" अंततः दिनांक १० मार्च १९२२ को चौरी-चौरा विद्रोह के आरोप में धारा १२४ए, १३१, ५०५ के तहत महात्मा गाँधी को गिरफ्तार करके साबरमती आश्रम में ही नजरबन्द रखा गया। प्रत्येक आरोप के लिए दो-दो वर्ष कुल छ: साल की सजा सुनाई गयी।

अंग्रेज़ों और दरोगा गुप्तेश्वर सिंह के सहयोगी जमींदारों के दबाव में आकर सरकारी गवाह बने शिकारी और ठाकुर अहीर ने बयानों में जो कुछ भी कहा उसे जिस प्रकार से सरकारी वकीलों ने दलील में पेश किया उससे यह बात निकल कर आयी कि सभी अभियुक्तों के बीच, उनके खेतों को लेकर आपसी झगड़े, दुश्मनी, द्वेष और बदले की भावना से प्रेरित, उन्होंने खुद ही एक-दूसरे को झूठा ही फँसाने का हवाला दिया। ऐसा पक्ष रखने से देश में व्याप्त महँगाई किसानों और मजदूरों का जमींदारों द्वारा शोषण व दरोगा गुप्तेश्वर सिंह द्वारा अक्सर ही भरे बाजार में जनसामान्य लोगों को पीट दिए जाने का मुद्दा सब दब गया। किसी ने भी थाना जलाए जाने या होने वाली अन्य सरकारी क्षति की जिम्मेदारी स्वयं पर नहीं ली। आप स्वयं इन दो सरकारी गवाहों के बयान को अवलोकित करेंगे तो स्वत: स्पष्ट हो जाएगा कि किस प्रकार से अंग्रेज़ों के दलालों और सरकारी वकीलों द्वारा मुकदमे को उलझा कर निर्दोष लोगों को सजा दिलायी गयी। इन दोनों के बयान में काफी मतभेद था, किन्तु इन लोगों ने अभियुक्तों की पहचान तथा माल बरामदगी में अहम भूमिका निभाई थी। शिकारी के पूरे परिवार का पुलिस थाने से गहरा सम्बन्ध था। शिकारी द्वारा अक्सर थाने के चक्कर लगाते रहने के कारण ही वह कानून और उनके कायदों से अच्छी तरह वाकिफ हो गया था। या यूँ कहें की वह बहुत ही चालाक और अनुभवी पहलवान था। इनके बयानों के कुछ महत्त्वपूर्ण भाग और कथ्य को, मैं यहाँ बहुत ही संक्षेप में प्रस्तुत कर रहा हूँ।

पहला सरकारी गवाह था- शिकारी पुत्र मीर कुर्बान सैय्यद। उम्र २४ वर्ष निवासी डुमरी खुर्द पेशे से चमड़े का व्यापारी था। लेकिन वह पहले एक अव्वल दर्जे का पहलवान और जागीरदार सरदार का कारिन्दा भी था जो किसानों से लगान वसूल करता था। बाद में वह अपने मुख्तार (जागीरदार जो कई गाँवों का मालिक होता था उसे मुख्तार भी कहते थे) के दुर्व्यवहार से दु:खी और आक्रोशित था। इस कारण से वह कांग्रेस के स्वयंसेवक दल का सदस्य बन गया था। इसने अपनी कड़ी मेहनत और समर्पण भाव से पार्टी के लिए काम किया। यद्यपि वह सरदार हरचरण सिंह की दमनकारी नीति के हर पहलू से वाकिफ था फिर भी वह अपनी कूटनीति के प्रभाव से ही सरकारी गवाह बना रहा। उसने चौरी-चौरा किसान विद्रोह के जुलूस प्रदर्शन में भाग लेने हेतु आने वाले आगन्तुकों की भीड़ को सम्भालने में अहम भूमिका निभाई थी। शिकारी के चाचा रसूल और भतीजा शहादत भी अभियुक्तों की सूची में नामित थे।

माँ और बहन पहले से ही अलग रहती थीं, जिनके साथ उसकी कभी नहीं बनी और पिता की मृत्यु बचपन में ही हो चुकी थी। शिकारी ने अपने बयान में कहा कि चार फरवरी को जब थाना आग के बवंडर में धूँ-धूँ करके जलने लगा तो वह भविष्य की सजा से आशंकित होकर डर गया था। वह सीधे घर न जाकर मोतिहारी गाँव की तरफ कौड़ी गाँव में छिपने के लिए चला गया। यहीं पर उसे हाजी बीकू जो चमड़ा व्यापारी भी था, ने सूचना दी थी कि उसकी माँ ने कहा है कि पुलिस को आत्मसमर्पण कर दे वरना उनका घर, खेत, माल-मवेशी सब कुछ कुर्की हो जाएगा। वह अब भी माँ के घर न जाकर अपनी पत्नी के पास गया। रात में लौटते समय चौकीदारों द्वारा देख लिए जाने के डर से वह सरदार हरचरण सिंह की बंद पड़ी फैक्टरी में छुप गया। यहीं पर अगले दिन सुबह ही सरदार के नौकर द्वारा उसको देखा गया तथा हरचरण ने बड़ी सफाई से उसे पुलिस के हवाले कर दिया। चौरी-चौरा थाने में शिकारी को दो से तीन दिन तक रखा गया था। यहाँ डिप्टी एस.पी अशफाक हुसैन ने शिकारी का बयान लिया जहाँ पर उसके फूफा अब्दुल करीम पहले से उपस्थित थे। बयान लेने के बाद उसे थाने न ले जाकर सीधे कोतवाली ले गये। जहाँ पर एक बार फिर डिप्टी मजिस्ट्रेट द्वारा शिकारी का बयान लिया गया तथा अन्य अभियुक्तों की पहचान करायी गयी। इससे यह स्पष्ट होता है कि सरदार हरचरण सिंह द्वारा बड़े ही करीने ढंग से शिकारी का शिकार किया जा रहा था, और वह अपनी रणनीति में अत्यधिक सफल भी रहा।

दूसरा सरकारी गवाह था 'ठाकुर अहीर' पुत्र रामफल। उसकी उम्र ३० वर्ष थी। वह बाले गाँव का निवासी था। बाले और डुमरी गाँव की जागीर सरदार हरचरन सिंह की देख-रेख में थी। अत: ये भी सरदार के दबाव में ही सरकारी गवाह बना था। यह बहुत डरा हुआ था क्योंकि ठाकुर अहीर ने करीब हफ्ते दस दिन पहले ही कांग्रेस पार्टी के स्वयंसेवक दल की सदस्यता ली थी। दूध-दही बेचने वाले ठाकुर ने यह बात कबूली थी कि उसे दल का सदस्य बनाने के पूर्व यह बताया गया था कि स्वराज आने पर खेतों का लगान केवल चार आना (२५ पैसे) प्रति बीघा ही देना होगा। जबकि उस समय इस लगान की दर तीन से चार रुपये प्रति बीघा थी। ठाकुर ने चार फरवरी १९२२ को घटनास्थल पर प्रारम्भ से अंत समय तक उपस्थित रह कर प्रत्येक घटना को अपनी आँखों से देखा था। उसकी बातों से घटना की तस्दीक तो होती है लेकिन ठाकुर अपने बयानों में जानबूझ कर अथवा घबराहट होने के कारण तत्समय की स्थिति के अनुसार

अपने बयानों में फेर-बदल कर दिया करता था जिसके कारण न्यायालय में उसे शक की नजर से देखा जा रहा था। यह कहना गलत नहीं होगा कि ठाकुर का भी शिकारी की भाँति पूर्व नियोजित ढंग से समर्पण कराया गया। इस सम्बन्ध में उसके एक रिश्तेदार छोटू, जो महादेवा गाँव का मुखिया था। मुखिया का लड़का सूरजबली सरदार हरचरण सिंह के बही-लेखों का रख-रखाव करने वाला मुंशी था। इसी के साथ ठाकुर, सरदार हरचरन सिंह के पास चला गया। सरदार ने उसे थाने में पेश किया और १८.०४.१९२२ को सी0ओ0 'पण्डित प्यारेलाल' के साथ गोरखपुर गया। जहाँ उसका बयान डिप्टी एस.पी खेर के समक्ष दाखिल हुआ। तीरथराज द्वारा कुँए में डाली गयी तीन राइफलों की बरामदगी ठाकुर ने अपने बयान द्वारा कराया था तथा थाने में उसने कुछेक अन्य अभियुक्तों की पहचान भी की थी। इस प्रकार अंग्रेज़ी सरकार, सरदार हरचरण सिंह के माध्यम से चौरी-चौरा किसान-विद्रोह/जन-क्रान्ति में लिप्त अधिक से अधिक स्वयं-सेवकों के विरुद्ध याचिका दाखिल करके अपनी मनचाही सजा दिलाने में सफल रही। यहाँ अधिक गवाहों के बयान को रखना अधिक महत्त्व नहीं रखता है क्योंकि सभी गवाह भोजपुरी भाषा बोलने वाले गँवार थे और पैरवी करने वाले वकील और जज फर्राटेदार अंग्रेज़ी भाषा में सवाल-जवाब कर रहे थे। कुल मिलाकर ढाक के वही तीन पात की स्थिति में जो भी सरकारी वकील, गवाह और पुलिस कहती थी, उसे बचाव पक्ष के विद्वान् वकील, काशीनाथ मालवीय जी पूरी तरह से गलत नहीं सिद्ध कर पाते थे। ऐसे में जज भी अंग्रेज़ी सरकार के पक्ष में ही अपने कलम की स्याही का प्रयोग करता था।

सेशन कोर्ट में न्यायिक निर्णय के सापेक्ष मा. उच्च न्यायालय का

अंतिम निर्णय

चौरी-चौरा काण्ड को अंजाम देने में सहायक गतिविधियों का आद्योपान्त घटनाक्रम के चक्र को दिनांक २१.०६.१९२२ से लेकर दिनांक २३.१०.१९२२ तक समस्त गवाहों के वक्तव्य और प्रमाण को लिपिबद्ध करते हुए अभिलेखित किया गया। तब जाकर दिनांक ०९.०१.१९२३ को सेशन कोर्ट के जज मिस्टर एच0ई.होल्म्स ने चार सौ तीस (४३०) पृष्ठों में अपना सम्पूर्ण मंतव्य रखते हुए निर्णय सुनाया। जिसमें स्पष्ट किया गया कि २२५ अभियुक्तों में से, 'पुरंदर' पुत्र भवानी दीहल अहीर,'नारायण' पुत्र लोचई लोहार, डुमरी खुर्द, 'फकीरे' पुत्र वंशुभर बाले और 'कुदई' पुत्र पारेश्वर तिवारी धरसी गोला; इन चारों व्यक्तियों

की मृत्यु मुकदमे की सुनवाई के दौरान हो चुकी थी। बचे हुए कुल २२१ अभियुक्तों में से ४७ ऐसे थे जिनके बारे में सत्र न्यायाधीश ने इस निष्कर्ष पर सहमति जताई कि इन लोगों पर कोई आरोप गठित नहीं हो पा रहा है, फलत: इन्हें बाइज्जत रिहा करने का निर्णय दिया गया था। शेष बचे १७४ अभियुक्तों में से दो लोग ऐसे पाए गये जो कथित घटना के पूर्व से ही घायल थे, जिन्हें आंशिक रूप से अपराध में दोषी पाया गया था, इन्हें दो-दो वर्षों की कारावास की सजा दी गयी। तथापि १७२ ऐसे अभियुक्त पाए गये जिन्हें मुख्य रूप से विभिन्न आरोपों के अतिरिक्त भी दंगे के दौरान सरकारी सिपाहियों/ चौकीदारों की हत्या करना, सरकारी संपत्ति का नुकसान करना आदि संगीन आरोपों में साजिशन दोषी पाया गया, जिन्हें सेशन कोर्ट द्वारा फाँसी की सजा मुकर्रर करते हुए अभिमत प्रकट किया गया। जिन अभियुक्तों को फाँसी की सजा दी गयी थी, उनके कुछ प्रमुख नाम इस प्रकार हैं- लाल मुहम्मद, भगवान् अहीर, सीताराम। सहदेव, रुदली, लवटू, राम स्वरूप, संपत पुत्र मोहन, महादेव सहित रघुवीर के नाम अभिलेखित हैं। साथ ही साथ इन अभियुक्तों की फाँसी-सजा को माननीय उच्च न्यायालय में, संज्ञान/बचाव पक्ष में पुनर्विचार याचिका दाखिल करने हेतु एक सप्ताह का समय भी दिया गया। सेशन कोर्ट के जज द्वारा अपना निर्णय सुनाते समय इस बात को भी उल्लेखनीय रूप से रखा गया कि "यह अत्यंत खेद और दु:खद दुर्घटना सविनय अवज्ञा आन्दोलन का परिणाम था। यदि यह आन्दोलन न शुरू हुआ होता तो शायद यह दर्दनाक घटना होने से रुक सकती थी।"

यद्यपि इस न्यायिक निर्णय के कुछ माह बाद जिन दो अभियुक्तों, बुद्धू केवट और बंशी चमार को आंशिक रूप से दोषी पाए जाने पर दो-दो वर्ष के कारावास की सजा दी गयी थी, उन्हें दिनांक ०८.०५.१९२३ को सुप्रिटेंडिंग ऑफ़ जिला कारागार, बदायूँ को पत्र कर तत्काल रिहा किये जाने का आदेश पारित किया गया था।

उक्त पूरे न्यायिक निर्णय पर एक नजर डाली जाए तो स्पष्ट होता है कि सरकारी पक्ष में कुल १७५ गवाहों के बयान दर्ज हैं जबकि बचाव पक्ष में मात्र २९ गवाह ही अभिलेखित किये गये हैं। अलीगढ़ के विद्वान बैरिस्टर कादरी को अंग्रेज़ों ने अपना सरकारी वकील नियुक्त किया था। जिन्होंने सरकार के पक्ष में न्यायालय के समक्ष स्थानीय पुलिस द्वारा प्रस्तुत साक्ष्य के सन्दर्भ में यह तथ्य प्रकट किया था कि-"यह नहीं कहा जा सकता कि असहयोग आन्दोलनकारियों का कृत्य संयोग मात्र है। यह उनकी सोची समझी रणनीति का हिस्सा थी। अगर

जिले के प्रशासनिक अधिकारियों ने सजगता और भीड़ नियंत्रण न किया होता तो ऐसी अनेक वारदातें हुई होतीं।" ऐसे तथ्यों का पुरजोर खण्डन करने हेतु गरीब प्रतिवादियों के पास अच्छे वकील करने के पैसे नहीं थे अथवा प्रशासन के डर से स्थानीय लोग स्वयं गवाह नहीं बनना चाहते थे। ऐसे में सेशन कोर्ट ने २२५ अभियुक्तों पर छ: प्रकार के आरोप लगाये। जिनमें प्रमुख रूप से चार फरवरी १९२२ को डुमरी खुर्द में गैर कानूनी सभा करना, पुलिस को डराना, धमकाना, जान-माल एवं सरकारी संपत्ति के नुकसान के साथ पुलिसकर्मियों को जला कर मार देना, थाना को जलाने एवं सरकारी मुलाजिमों की हत्या, लूट-पाट, भवनों में आग लगाना तथा पुलिस कर्मियों के शासकीय कार्यों में बाधा पहुँचाना आदि आरोपों की पुष्टि की गयी।

यद्यपि इस न्यायिक निर्णय का सामाजिक रूप से पूरे देश भर में ही नहीं बल्कि पूरे विश्व में भी विरोध हुआ। एक्जीक्यूटिव कमेटी ऑफ़ द कम्युनिस्ट इंटरनेशनल और रेड इंटरनेशनल ऑफ़ लेबर यूनियन द्वारा पूरे विश्व के कामगारों से, भारत के सेशन कोर्ट द्वारा दिए गये फैसले के विरुद्ध एक विरोध पूर्ण अपील भी जारी की गयी। जिसके माध्यम से ब्रिटिश के कामगारों को भारतीय किसानों के पक्ष में हस्तक्षेप करने की माँग की गयी थी। इसका असर भी बहुत व्यापक हुआ और जिला कांग्रेस कमेटी गोरखपुर में इस सेशन कोर्ट के आदेश दिनांक ०९.०१.१९२३ के विरुद्ध उच्च न्यायालय, गोरखपुर में अभियुक्तों के पक्ष में पण्डित मदन मोहन मालवीय जी द्वारा उनके सहयोगी वकील देवी प्रसाद मालवीय ने क्रिमिनल अपील संख्या ५१/१९२३ 'अब्दुल्ला और अन्य बनाम साम्राट' मामले में प्रभावी पैरवी की। इस याचिका को प्रभावी ढंग से प्रस्तुत करने हेतु सेशन कोर्ट में प्रकरण को प्रस्तुत करने वाले वकीलों में गोकुल दास, के.एन. मालवीय, एन.के.सान्याल, डी.एन.मालवीय, के.सी.श्रीवास्तव ए.पी.दुबे आदि ने मुख्य रूप से सहयोग किया।

शुरू में इस वाद में सुनवाई की तारीखें बढ़ती रहीं। अंतत: दिनांक ०६.०३.१९२३ को पण्डित मदन मोहन मालवीय जी ने अपनी प्रथम बहस में इस बात को बड़े प्रभावी ढंग से रखा कि- "यदि चौरी-चौरा विद्रोह पूर्व नियोजित षडयंत्र था, तो उसको न्यायालय में लाने के पूर्व प्रान्तीय सरकार से अनुमति लेनी चाहिए थी।" अथवा सरकारी गवाहों के बयानों में परस्पर विरोधी तथ्यों को सेशन कोर्ट द्वारा संज्ञान में लिया जाना, संदेह पूर्ण बताया। चूँकि माननीय उच्च न्यायालय की धारणा सेशन कोर्ट द्वारा अभिलेखित अपराधों की दण्ड

                                        चौरी चौरा काण्ड

संहिता को आधार मान कर चलने की थी। जबकि पण्डित मालवीय जी ने यह भी सवाल उठाया था कि सेशन कोर्ट द्वारा की गयी कार्यवाही पर्याप्त तथ्यों और साक्ष्यों के अभावों में समुचित अपराध तय नहीं किये जा सके हैं। अत: दिनांक ०९.०१.१९२३ के आदेश को तत्काल खारिज किया जाय। जबकि माननीय उच्च न्यायालय ने नौ बिन्दुओं पर अपने विचार रखते हुए कहा कि उच्च न्यायालय, निचली अदालत के इस मत से सहमत नहीं हैं कि इस प्रकरण में किसी भी वादी पर लगाये गये आरोपों को व्यवस्थित रूप में बताया नहीं जा सकता है। उच्च न्यायालय का मानना था कि यह अपराध राजनीतिक उग्रता के कारण हुआ है। यह महात्मा गाँधी के व्यक्तित्व के चमत्कारिक प्रभाव से प्रभावित था। इसलिए उस समय प्रत्येक घटनाओं को संज्ञान में रखते हुए चार फरवरी १९२२ को जो कुछ भी डंके की चोट पर हुआ, उसे हम आसानी से छोड़ने वाले नहीं हैं।

इस प्रकार ३०.०४.१९२३ को क्रिमिनल याचिका संख्या-५१/१९२३ अब्दुल्ला व अन्य बनाम किंग इम्पेरर (सम्राट) में मा. उच्च न्यायालय का फैसला पाँच घण्टों से अधिक के समय में सुनाया जा सका। यह निर्णय चार श्रेणियों में रख कर सात बिन्दुओं पर शेष १५० अभियुक्तों को निरपराध/अपराधी घोषित किया गया-

१. मा. उच्च न्यायालय द्वारा गहन तफ्तीश के उपरान्त ३८ अभियुक्तों को दोष मुक्त कर दिया गया।

२. ०३ अभियुक्तों को केवल दंगे में भाग लेने का दोषी पाया गया। अत: शेष सभी दोषों से बरी करते हुए, इन तीनों को दो-दो वर्ष की सश्रम कारावास की सजा सुनाई गयी।

३. १२९ अभियुक्तों में से, १९ लोग जिसमें नजर अली, लाल मुहम्मद, भगवान् अहीर, श्याम सुन्दर और अब्दुल्ला सम्मिलित थे को थाने पर आक्रमण करने, २२ सिपाहियों और दरोगा गुप्तेश्वर सिंह की हत्या करने के लिए मुख्य आरोपी और जुलूस के अगुवाकारी अपराधी मानते हुए फाँसी की सजा सुनाई।

४. उक्त बिंदु-३ में से शेष ११० अभियुक्तों में से १४ लोगों पर हत्या और दंगा के आरोपों में संलग्न मानते हुए इन्हें भी फाँसी के समानांतर आजीवन कारावास की सजा सुनायी गयी।

५. तथा १९ अन्य अभियुक्तों को मा. उच्च न्यायालय द्वारा प्रत्येक को सश्रम आठ-आठ वर्षों की कठोर सजा सुनायी गयी।

६. ५७ अभियुक्तों को उनकी सजा में ५-५ वर्ष के कारावास की सजा सुनाई गयी।

७. और अंत में बचे २० अभियुक्तों को जिनमें से अधिकतर १६ से लेकर २१ वर्ष के युवा थे, तथा एक ५३ वर्ष और दो लोग साठ-साठ वर्ष के बुजुर्ग थे जिनका स्वास्थ्य भी अच्छा नहीं था पर कुछ रहम करते हुए इन्हें केवल तीन-तीन वर्षों की सश्रम कारावास की सजा सुनाई गयी।

मा. उच्च न्यायालय के द्वारा दी गयी फाँसी की सजा के आदेशों के सापेक्ष हाउस ऑफ़ कामंस में भी भारत के जनता की सद्भावनाओं और देश प्रेम को संज्ञान में लेते हुए गवर्नर जनरल से फाँसी की सजा को माफ़ कराने हेतु (विशेषाधिकार को संज्ञान में लेते हुए) क्षमादान का प्रयोग करने के लिए प्रकरण विचारार्थ प्रस्तुत किया गया था। किन्तु इसके उत्तर में उपसचिव ने कहा था कि उन्होंने अभी हाईकोर्ट के आदेशों की प्रति नहीं पढ़ी है। लेकिन यह प्रकरण भारत सरकार के संज्ञान में है, यद्यपि उपसचिव ने मा. उच्च न्यायालय का फैसला यथावत मान लिए जाने की स्वीकारोक्ति कर ली थी। बाद में इस दया याचिका के प्रकरण में जितनी भी सिफारिश/प्रार्थना की गयी थी, उन पर केवल धूल जमते रहने के सिवा और कोई प्रभावी कार्यवाही नहीं हो सकी।

इस प्रकार किसानों, आम नागरिकों और व्यापारियों का शोषण करने वाली दमनकारी ब्रिटिश शासन की नीति/ जमींदारों का किसानों के प्रति निर्दयतापूर्ण रवैये के विरुद्ध गुलामी की जंजीरों से मुक्त होने के लिए आहूत, ऊर्जावान, आत्मसम्मान की सुरक्षा, स्वराज हित स्वतन्त्रता संग्राम और एक सफल सामान्य जनक्रान्ति और स्वतंत्रता आन्दोलन का सपना साकार हुआ। जिसने पूरे भारत के लोगों में आत्मसम्मान से जीने के लिए प्राण फूँकने का ही कार्य किया था। ईमानदारी से देखा जाए तो यह आन्दोलन स्वंत्रता संग्राम की अन्तिम और "सफल जन-क्रान्ति" ही थी। जिसमें भारत देश ही नहीं बल्कि पूरे विश्व के जन-जन की संवेदना और सद्भावना फलीभूत हुई थी।

चौरी-चौरा काण्ड के मुकदमे के दौरान जिन स्वतन्त्रता संग्राम सेनानियों/ स्वयं-सेवक जेल में ही दिवंगत हुए (स्वातंत्र्य संग्राम सेनानी/ जिला गोरखपुर के शहीद पुस्तक से) उनकी सूची-

१- नारायण पुत्र कोदई निवासी डुमरी, चौरा गोरखपुर

२- रघुवीर पुत्र मथुरा भर निवासी मुंडेरा बाजार गोरखपुर

३- पुरन्दर पुत्र भवानी निवासी चकिया चौरा गोरखपुर

४- सहदेव पुत्र छोटू पासी निवासी चकिया गोरखपुर

५- पंचू पुत्र छोटकू कहार निवासी डुमरी चौरा गोरखपुर

चौरी-चौरा काण्ड के मुकदमे के दौरान वे स्वतन्त्रता संग्राम सेनानी/स्वयं-सेवक जिन्हें फाँसी दी गयी, (स्वातंत्र्य संग्राम सेनानी/ जिला गोरखपुर के शहीद पुस्तक से) उनकी सूची-

१. अब्दुल्लाह उर्फ़ सुकई पुत्र गोबर चुड़िहार निवासी राजधानी संगहा, गोरखपुर

२. भगवान पुत्र राम नाथ निवासी चौरा गोरखपुर

३. विक्रम पुत्र शिव चरन, अहीर निवासी डुमरी खुर्द गोरखपुर

४. दुधई पुत्र समझावन भर निवासी चौरा गोरखपुर

५. कालीचरण पुत्र निर्घिन कहार निवासी चौरा गोरखपुर

६. लाल मुहम्मद पुत्र हाकिग शाह निवासी कोटा चौरा गोरखपुर

७. लवटू पुत्र शिवनन्दन कहार निवासी बाले चौरा गोरखपुर

८. महादेव पुत्र कुन्ज बिहारी केवट निवासी मऊपुर/दर्शनवा चौरा गोरखपुर

९. मेंघू उर्फ़ लालबिहारी पुत्र जानकी मोहिया चौरा गोरखपुर

१०.नज़र अली पुत्र जीअन चुड़िहार निवासी डुमरी खुर्द चौरा गोरखपुर

११.रघुवीर पुत्र जह्दू सुनार निवासी मुंडेरा बाजार बाले चौरा गोरखपुर

१२.राम लगन पुत्र शिवटहल लोहार, निवासी पोखर भिण्डा चौरा गोरखपुर

१३.रामरूप पुत्र रामटहल बरई, निवासी मुण्डेरा बाजार चौरा गोरखपुर

१४.रुदली पुत्र राम दीहल केवट, निवासी लक्ष्मनपुर चौरा गोरखपुर

१५.सहदेव पुत्र जीतू कहार निवासी जंगल महदेवा चौरा गोरखपुर

१६.संपत पुत्र जीउत चमार निवासी चौरा गोरखपुर

१७.संपत पुत्र मोहन अहीर निवासी रामपुर रकवा गोरखपुर

१८.श्यामसुंदर पुत्र रामनारायण मिसिर निवासी रामनगर गोरखपुर

१९.सीताराम पुत्र रामफल अहीर, निवासी बाले चौरा गोरखपुर

शासकीय अभिलेखों का परीक्षण करने पर बात यह भी निकलकर सामने आती है कि उपरोक्त १९ क्रांतिकारियों की फाँसी एक साथ और एक ही समय पर दी गयी थी किन्तु राम लगन और सीताराम इन दोनों की फाँसी की तिथि और समय संशय के गर्त में लिपटी हुई है।

समाहार

जैसा कि मैंने, "पूर्व में भारत देश का प्राचीन राष्ट्रवाद से लेकर आधुनिक राष्ट्रवाद की प्रकृति तक आने में कई सदियों ने अपने अष्ट वक्रीय दृष्टिकोणों से भारतीय जन-जीवन को आगूल-चूल प्रगति सौंपी है", को समझाते हुए लिखा है कि गुप्त काल के पतन के साथ ही भारतीय सांकृतिक और सामाजिक कार्य-व्यवहार में काफी परिवर्तन आ चुका था। इसके बाद पाँचवीं-छठी शताब्दी से मुगलों व अन्य विदेशी आक्रमणों में मुगलों का प्रवेश दिल्ली के सल्तनत से प्रारम्भ हुआ था। आठवीं सदी में सिन्ध पर अरबों का अधिकार हो गया। यह इस्लाम का भारत देश में प्रथम प्रवेश माना जाता है। बारहवीं सदी के अन्त तक दिल्ली की गद्दी पर तुर्क दासों का शासन हो गया। जिन्होंने अगले कई सालों तक राज किया। दक्षिण में हिन्दू विजयनगर और गोलकुण्डा के राज्य थे। 1556 में विजयनगर का पतन हो गया। सन् 1526 में मध्य एशिया से निर्वासित राजकुमार बाबर ने काबुल में पनाह ली और भारत पर आक्रमण किया। उसने मुग़ल वंश की स्थापना की जो अगले 300 वर्षों तक चली। इसी समय दक्षिण-पूर्वी तट से पुर्तगाल का समुद्री व्यापार शुरू हो गया था। बाबर का पोता 'अकबर' धार्मिक सहिष्णुता के लिए विख्यात हुआ। उसने हिन्दुओं पर से जज़िया कर हटा लिया। 1659 में औरंगज़ेब ने इसे फिर से लागू कर दिया। औरंगज़ेब ने कश्मीर में तथा अन्य स्थानों पर हिन्दुओं को बलात मुसलमान बनवाया। उसी समय केन्द्रीय और दक्षिण भारत में शिवाजी के नेतृत्व में मराठे शक्तिशाली हो रहे थे। औरंगज़ेब ने दक्षिण की ओर ध्यान लगाया तो उत्तर में सिक्खों का उदय हो गया। औरंगज़ेब के मरते ही (1707) मुगल साम्राज्य बिखर गया। अंग्रेज़ों ने डचों, पुर्तगालियों तथा फ्रांसीसियों को भगाकर भारत पर व्यापार का अधिकार सुनिश्चित किया और 1857 के एक विद्रोह को कुचलने के बाद सत्ता पर काबिज हो गए। ("भारत का 20 लाख साल पुराना इतिहास देखेंगे", मूल से 11 सितंबर 2019 को पुरालेखित। अभिगमन तिथि 6 अप्रैल 2020)

17वीं शताब्दी के मध्यकाल में पुर्तगाल, डच, फ्रांस, ब्रिटेन सहित अनेकों यूरोपीय देशों, जो कि भारत से व्यापार करने के इच्छुक थे, उन्होंने देश में स्थापित शासित प्रदेश, जो कि आपस में युद्ध करने में व्यस्त थे, का लाभ प्राप्त

किया। अंग्रेज़ दूसरे देशों से व्यापार के इच्छुक लोगों को रोकने में सफल रहे और १८४० ई. तक लगभग संपूर्ण देश पर शासन करने में सफल हुए। १८५७ ई. में ब्रिटिश ईस्ट इण्डिया कम्पनी के विरुद्ध असफल विद्रोह, जो कि भारतीय स्वतन्त्रता के प्रथम संग्राम से जाना जाता है, के बाद भारत का अधिकांश भाग सीधे अंग्रेज़ी शासन के प्रशासनिक नियंत्रण में आ गया और अंग्रेज़ों ने भारत में अपनी व्यापार-नीति को राजनीति के पाले में ढकेलते हुए भारतीय रजवाड़ों को आपस में लड़ाओ और राज करो की नीति अपना ली। इसी क्रम में जब सन् १८५७ में पहला जन विद्रोह हुआ तो अंग्रेज़ों ने इसे स्वयं के जान-माल पर आक्रमण का लबादा ओढ़ाते हुए विश्व में एक नयी छद्म-छवि पेश की। धीरे-धीरे जब यह जन-विद्रोह बढ़ता गया तो सं १९१७ में इस क्रान्ति/विद्रोह को कुचलने के लिए "रोलेट एक्ट" दिनांक १० दिसंबर १९१७ को इंग्लैड के हाई कोर्ट के जज 'रोलेट' की अध्यक्षता में एक राजद्रोह (सेडीशन) कमेटी गठित की गयी। इस कमेटी ने भारत के विभिन्न राज द्रोहात्मक कृत्यों की जाँचकर भारतमन्त्री के पास १५ अप्रैल १९१८ को रिपोर्ट प्रस्तुत की। इस रिपोर्ट में राष्ट्रवादियों के कार्यों को विस्तारित करते हुए कहा गया कि- "ये क्रांतिकारी ब्रिटिश शासन के लिए खतरनाक हैं और इन्हें रोकने के लिए जो सुझाव/प्रस्ताव दिए गए, उसे ही १८ मार्च १९१९ को कानून के रूप में पास करते हुए "रोलेट एक्ट" कहा गया। भारतीय स्वतन्त्रता संग्राम की अहम लड़ाई को उसके लक्ष्य तक पहुँचाने के लिए इस काले कानून ने भारतीय राष्ट्रवाद को बढ़ावा देने और जन-विद्रोह को हवा देने में अपनी महत्त्वपूर्ण भूमिका अदा की है।

जहाँ तक गोरखपुर जनपद के स्वतन्त्रता संग्राम की बात है तो यह १८८७ में कैप्टन स्टील, जो कि १७वीं सेना का प्रमुख अधिकारी था, इसने गोरखपुर के राजकोष को आजमगढ़ भेजने के साथ-साथ स्वयं ही स्थानीय जेलों को व्यवस्थित करने लगा। अब तक जनपद गोरखपुर जिले में ब्रिटिश सिपाही और रियासतदारों द्वारा स्थानीय लोगों, किसानों और अंग्रेज़ों से विद्वेष रखने वाले सामंतों के ऊपर जुल्म होने लगे थे। जैसे-घाघरा नदी की नावों को क्षतिग्रस्त करके नदी किनारे बसे हुए रियासत के गाँवों को लूट कर उन्हें आग के हवाले कर दिया गया। इसका परिणाम यह हुआ कि आजमगढ़ के विद्रोहियों ने अंग्रजों के खिलाफ जंग कर दी और ब्रिटिश खजाने पर अपना अधिकार जमा लिया। इसी तरह बस्ती-फैजाबाद और उत्तरी-पश्चिमी भाग गोरखपुर से बिल्कुल कट गया था। बस्ती के अमोढ़ा के लोग राजपूत राजाओं के साथ मिलकर नगर,

सतासी, बढयापार, महुआ डाबर और नरहरपुर के द्वारा अंग्रजों के खिलाफ बगावत हुई थी, की शक्ति से अंग्रेज़ी सरकार में दहशत फैल गयी थी। इसी बीच मेजर होल्म्स की हत्या कर दी गयी। गोरखपुर जिले में जिन लोगों ने बलिदान किया उनमें नरहर के राजा हरि प्रसाद सिंह, पैना के राजपूत तथा बन्धु सिंह प्रमुख रहे। यद्यपि भारतीय स्वतन्त्रता संग्राम की चिंगारी को हमने कभी बुझने नहीं दिया था। इसी क्रम में पंजाब प्रांत में जालियाँवाला बाग़ में निर्दोष लोगों की नृशंस हत्या ने भारतीयों के दिलों में ज्वालामुखी का विस्फोट कर दिया और पूरा देश गाँधी जी के नेतृत्व में असहयोग आन्दोलन करने के लिए लामबंद हो गया।१० जुलाई १९२१ को बाबा राघवदास के नेतृत्व में जालियाँवाला बाग़ हत्याकाण्ड के विरोध में एक विशाल जुलूस निकाला गया। इसके जुर्म में बाबा राघव दास को एक वर्ष की कड़ी सजा दी गयी तथा हनुमान प्रसाद कोईरी और ब्रह्मदेव को इसी क्रम में ९-९ मास की जेल हुई।

अब तक गोरखपुर जिला क्रांतिकारियों का गढ़ बन चुका था। इस दौरान गोरखपुर में जवाहर लाल नेहरू, महात्मा गाँधी जी व अन्य महत्त्वपूर्ण नेताओं का आना-जाना भी लगा रहा।

केवल गोरखपुर जनपद के ही नहीं बल्कि पूरे भारत में ब्रिटिश सरकार द्वारा पंजाब की घटनाओं को छिपाने के लिए जन-आन्दोलनों का बड़ी क्रूरता से दमन किया जा रहा था। फलत: यह जन-आन्दोलन धीरे-धीरे किसानों, श्रम-जीवियों और कल-कारखानों के मजदूरों में भी फैलने लगा। सन् १९२० तक इन कल-कारखानों में कुल २०० हड़तालें हुई जिसमें पाँच लाख से भी अधिक मजदूरों ने भाग लिया था। सन् १९२१ में ३९६ हड़तालें हुई इसमें लगभग छ: लाख लोगों ने सक्रियता निभायी थी। लखनऊ जिले रेलवे वर्कशॉप के ५००० श्रमिक, अहमदाबाद के ४७ कपड़ा मिलों में तथा सन् १९२१ में असम के चाय बागानों में १२००० मजदूरों ने हड़ताल से विवश होकर अन्य शहरों की ओर रुख किया। इन सबसे आक्रोशित होकर ब्रिटिश सरकार ने पंजाब प्रांत के लाहौर में ननकाना साहिब, जहाँ सिक्खों के गुरु नानकदेव जी का जन्म स्थान/समाधि भी है, २०० निहत्थे सिक्खों का नरसंहार कर दिया। अब तक जन-मानस का पारा सातवें आसमान तक चढ़ चुका था। इसी क्रम में जमींदारों, साहूकारों, मुख्तारों के लठैतों तथा ब्रिटिश शासकों की पुलिस की मिलेटरी का सामना करने के लिए मालाबार के किसानों ने हथियार उठाये और लगभग छ: माह तक

डटकर लड़ते रहे।

ब्रिटिश सिपाहियों की दमनकारी कार्यवाही, मुख्तारों, रियासतों के क्रूरता पूर्ण व्यवहार से जन-आक्रोश के क्रमिक आन्दोलनों से गोरखपुर जनपद में एक अविषमयकारी,अविश्वसनीय, अन्तर्मुखी ज्वाला से लबालब जन-सैलाब चौरी-चौरा की सड़कों पर महात्मा गाँधी जी की जय बोलते हुए स्वतन्त्रता की चरम को लाँघ गया। दिनांक ०४ फरवरी १९२२ की शाम को गोरखपुर जनपद के चौरी-चौरा गाँव में असहयोग आन्दोलन कर रहे निहत्थे लोगों पर पुलिस बल द्वारा जुलूस पर अकारण गोलियाँ बरसाने से हुई भगदड़ में रेलवे की ट्रैक, टेलीफोन के तार को क्षतिग्रस्त करने और थाना जलाने की घटना में कुल २२ पुलिस वाले, एक दरोगा और ०३ अन्य प्रदर्शनकारियों की घटना स्थल पर ही मौत हो गयी। इस घटना में कुल २६ लोगों की मृत्यु हुई। इस दुर्दान्त घटना के बाद भी ब्रिटिश सरकार की पुलिस द्वारा निर्दोष स्थानीय लोगों पर बड़ी बर्बरतापूर्वक कार्यवाही करना बंद नहीं हुआ। बल्कि इससे आगे बढ़ते हुए, पूरा गाँव ही नष्ट कर देने की मंशा रखने वाली सरकार ने जुलूस में चार से पाँच हजार की भीड़ में से केवल २२५ लोगों को गिरफ्तार करके उन पर मुकद्मा चलाना जारी रखा। बाद में मदन मोहन मालवीय जी द्वारा हाईकोर्ट में प्रभावी पैरवी करने के कारण १५० बेगुनाह लोगों को बरी करवा दिया गया तथा १७२ लोगों पर विभिन्न धाराओं के अंतर्गत मुकद्मा चलाया गया। कुल हिरासत में लिए गये दोषियों में से ३८ लोगों को निर्दोष कहकर छोड़ दिया गया। तीन लोगों को दंगे का दोषी मान कर दो-दो वर्ष की सजा दी गयी। १९ लोगों को फाँसी की सजा दी गयी और अन्य लोगों को अलग-अलग तरह की सजा सुनाई गयी।

यह बात भी बिल्कुल सत्य है कि चौरी-चौरा जन-क्रान्ति में 'प्रतिभागी कथित अछूतों को' गुण्डा, विद्रोही और डकैत कहते हुए अपराधी की श्रेणी में रखा गया। चौरी-चौरा जन-क्रान्ति में संलग्न स्वतन्त्रता संग्राम सेनानियों एवं मारे गये पुलिस कर्मियों/ चौकीदारों की विधवा पत्नियों की स्त्री-पीड़ा अकथ और अवर्णनीय है। जिसकी भरपाई न तो देश के सजग नागरिकों ने ही किया और न ही अपने देश की सजग सरकार ने इसकी कोई जरूरत ही समझी। वहीं तथा-कथित भीड़ को भड़काने वाले रियासतदारों, मुख्तारों, दरोगा, चौकीदारों और सिपाहियों को तत्काल सरकारी मदद ही नहीं पहुँचायी गयी बल्कि उन्हें ईनाम के तौर पर एक सम्मान-जनक पेंशन राशि भी स्वीकृति की गयी।

  चौरी चौरा काण्ड

लेजिस्लेटिव असेम्बली में पूछे गये प्रश्न के उत्तर में विलियम विन्सेंट ने यह स्पष्ट रूप से कहा कि- "चौरी-चौरा विद्रोह में मारे गये सिपाहियों, चौकीदारों के परिवारों को सरकार हर संभव मदद करने के लिए तैयार है।" दूसरी तरफ भीड़ में हताहत स्वतन्त्रता संग्राम सेनानियों/ क्रांतिकारियों को ताउम्र अपराधी की श्रेणी में रखते हुए देश की नागरिकता से प्राप्त एक समान अधिकार से भी वंचित रखा गया। यद्यपि उत्तर प्रदेश जनसंपर्क एवं सूचना विभाग ने वर्ष १९७२ में चौरी-चौरा काण्ड के पचासवीं वर्षगाँठ पर छापी गयी पुस्तक-"स्वतन्त्रता संग्राम में गोरखपुर-देवरिया का योगदान" के माध्यम से यह घोषणा की थी कि "इस चौरी-चौरा विद्रोह काण्ड में दोषी पाए गये विद्रोहियों को स्वतन्त्रता संग्राम सेनानी का दर्जा दिया गया और यह भी कहा गया कि उनके आश्रित परिवारों द्वारा पेंशन के लिए आवेदन कर सकते हैं।" इस बात की पुष्टि तत्कालीन राष्ट्रपति ज्ञानी जैल सिंह का पत्र दिनांक ३० अक्टूबर १९८१ से होता है।

वास्तविकता यह भी है कि इस चौरी-चौरा जन-क्रान्ति में सजायाफ्ता सभी स्वतंत्रता संग्राम सेनानियों के परिवार वाले अपने संक्रमण काल की अवधि में भूख, गरीबी और सामाजिक उपेक्षाओं से बुरी तरह से टूट चुके थे। बहुत बाद में मुख्यमंत्री सहायता कोष से चौरी-चौरा जन-क्रान्ति में हताहत १७२ लोगों में से केवल २९ लोगों के परिवारों/आश्रितों को प्रति व्यक्ति रुपया ३२५/- वर्ष १९८५ में स्वीकृत हो पाया था। जबकि चौरी-चौरा जन-क्रान्ति में सभी शहीदों को किसान आन्दोलन की याद में स्मारक निर्माण का शिलान्यास तत्कालीन प्रधानमन्त्री इंदिरा गाँधी द्वारा उद्घाटन किया गया जो इतनी धीमी रफ़्तार से चला कि इसे अंतिम रूप तक आते-आते वर्ष १९९३ में भी छ: माह बीत चुके थे। इसके बावजूद भी कुछ भ्रान्तियाँ आज भी बनी हुई हैं जिसे तत्काल निस्तारित किया जाना चाहिए।

दिनांक ०४ फरवरी १९२२ को चौरी-चौरा जन-क्रान्ति के दौरान शासकीय सेवा में तैनात कार्मिकों में हताहतों की सूची निम्न प्रकार से है-

१.   गुप्तेश्वर सिंह, दरोगा

२.   वसी खान, प्रधान सिपाही

३.   जग्गी सिंह, सिपाही

४.   मो. जमाँ खाँ, सिपाही

५.   मोहम्मद जकी, सिपाही

६.   रामबली पाण्डे, सिपाही

७.   राम यादव, सिपाही

८.   जगदेव सिंह, सिपाही

९.   मंगरू चौबे, सिपाही

१०.   पृथ्वी पाल सिंह दरोगा, सशस्त्रबल

११.   इन्द्रासन सिंह, सिपाही

१२.   मर्दन खान, सिपाही

१३.   हसन जान, सिपाही

१४.   कौलाद्दू सिंह, सिपाही

१५.   कपिलदेव सिंह, सिपाही

१६.   रामलखन सिंह, सिपाही

१७.   वजीर, धुनिया भटौली

१८.   घिसई चमार रामपुर

१९.   जपई

२०.   कतवारू राम चमार डुमरी ख़ास

२१.   झकरी, बसहिया

२२.   मोती चमार

२३.   सूरज बाली, चौकीदार (संदिग्ध की श्रेणी में है)

२४.   तीन अन्य नागरिकों (खेली भर, बुद्ध अली और भगवान तेली) की हत्या में मारे जाने वालों के नाम संदिग्ध हैं। (जिन तीन विद्रोहियों/ नागरिकों की पुलिस द्वारा चलायी गयी गोलियों से हत्या हुई थी, इनके नामों की सूचना स्वतंत्रता संग्राम सेनानी भी श्रेणी में एक मत से नहीं मिलती है। जिन्हें रहस्य की श्रेणी में रखा जाना औचित्यपूर्ण नहीं लगता है।

भारतीय स्वतन्त्रता संग्राम के इतिहास में अनेक विद्रोह और आमने-सामने की लड़ाइयाँ लड़ी गयीं किन्तु इतना साहस भरा आत्मोत्सर्ग किसी अन्य स्वतन्त्रता की जंग में देखने को नहीं मिलता है। चौरी-चौरा की जन-क्रान्ति के पूर्व हुई मुंबई, अहमदाबाद के कपड़ा मिल के मजदूर हड़तालों, कल-कारखानों के श्रमिकों और असम के चाय बागानों के मजदूरों के संगठन ने भी कभी ऐसा आत्मोत्सर्ग नहीं किया था। इस कारण भी पूरे विश्व में चौरी-चौरा जन-क्रान्ति एक महत्त्वपूर्ण आंदोलनों में प्रमुख स्थान रखता है। यह भी सच है कि अंग्रेज़ों से भी अधिक क्रूरता बरपाने वाले हमारे हिन्दुस्तानी जमींदार, मुख्तार, रियासतदार की कोई कमी नहीं थी, बल्कि अपने ही देश के मजलूम और भूखे नंगों के विरुद्ध अपनी झूठी हेकड़ी और आडम्बरों से ये लोग अंग्रेजों को प्रभावित करने में सफल हो जाते थे। इनके खिलाफ भी सत्याग्रहियों, अहिंसावादियों ने अपनी देशभक्ति के कारण कभी कोई गलत निर्णय नहीं लिया था। लेकिन कहते हैं न कि जब पानी नाक से ऊपर होने लगता है तो मानव अपनी छठी इन्द्रिय को आत्मसात करके सत्य की जय बोल देता है। फिर चौरी-चौरा जैसी जन-क्रान्ति एक विश्वप्रसिद्ध घटना के रूप में आकार ही नहीं लेती बल्कि उसे पुरजोर सफल बनाने में आकाश-पाताल एक भी कर देती है।

सच यह भी है कि ऐसे अवसर आने पर असहयोग और अहिंसा के आन्दोलनकारी भी येन-केन प्रकारेण समय आने पर (सन् १९४२ तक) 'करो या मरो' के आन्दोलन गढ़ने को मजबूर हो जाते हैं। जुल्म की एक इंतिहा होती है, इसके बाद ईश्वर की लाठी का जवाब देना किसी धरती के प्राणी के वश में नहीं है। दुनिया में सच की कोई कमी नहीं है और न कभी होगी। भारतीय स्वतन्त्रता संग्राम के आन्दोलन में आपसी भितरघातियों, जयचन्द और नमकहरामों की हमारे देश में कभी कोई कमी नहीं रही। इस सम्बन्ध में एक उदाहण इतिहास के पन्नों में बड़ी ही सहजता से मिल जाता है जो कि महात्मा जी के अनुभव को

यथा विस्तारित करता है- "१५ अगस्त १९४७ को जब हमारा देश स्वतन्त्रता का उत्सव मना रहा था, लाल किले पर तिरंगा-झंडा फहराया जा रहा था, उस समय देश के जमींदार, रियासतदार, जयचन्दों और मुख्तारों सहित, तथाकथित राजा कहे जाने वालों की भीड़ दिल्ली के लाल किले पर समारोह में मदमस्त थी, ठीक उसी समय अहिंसा के पुजारी और बिना खड्ग-ढाल के आजादी दिलाने वाले महात्मा गाँधी जी कलकत्ता के किसी सराय में अलग-थलग बैठ कर शांति से राम भजन गा रहे थे। कहने का तात्पर्य यह है कि सही मायने में, जन-सामान्य व सीधे-सादे सच्चे नागरिकों के हिस्से में वास्तविक आजादी आज भी नहीं आ सकी है।

परिशिष्ट

इस पुस्तक में ऐतिहासिकता की विश्वसनीयता, विषयों की सत्यता, गम्भीरता, स्थानों की प्रमाणिकता को यथानुसार बनाये रखते हुए तथ्यगत विषयों की उत्पादकता में यथार्थ के मर्म चित्र, विद्रूपता के बयानों में रोचकता और प्रभावोत्पादकता में प्रवाह बनाये रखने के लिए लेखक द्वारा पठित/उद्धृत संदर्भो के परिपेक्ष्य में लिए गये संदर्भित पुस्तकों के नामों की सूची निम्न है-

१. भारत का आधुनिक इतिहास लेखक- विपिन चन्द्र

२. मध्य कालीन भारत का इतिहास लेखक- सतीश चन्द्र

३. भारत एक खोज लेखक- पण्डित जवाहरलाल नेहरू

४. आधुनिक भारत में सामाजिक परिवर्तन लेखक- एम.एन.निवास

५. भारतीय स्वतंत्रता संग्राम का इतिहास खण्ड-एक, दो, तीन लेखक- तारा चन्द्र

६. उत्तर प्रदेश पहचान सम्पादक- श्रीमती कुमकुम शर्मा (सूचना निदेशालय, लखनऊ)

७. भारत का मुक्ति संग्राम लेखक- अयोध्या सिंह

८. स्वतन्त्रता संग्राम का इतिहास

९. स्वतन्त्रता, संघर्ष और उपलब्धि (सूचना एवं जनसंपर्क निदेशालय, लखनऊ)

१०.स्वतन्त्रता संग्राम सेनानी (जनपद गोरखपुर के शहीद)

११.चौरी-चौरा (विद्रोह और स्वतन्त्रता आन्दोलन) लेखक- सुभाष चन्द्र कुशवाहा

१२.आभाषिक पटल के गूगल से साभार